Julia Justiss
Deshonrada

Editado por Harlequin Ibérica.
Una división de HarperCollins Ibérica, S.A.
Núñez de Balboa, 56
28001 Madrid

© 2013 Janet Justiss. Todos los derechos reservados.
DESHONRADA, N° 36 - 1.6.13
Título original: The Rake to Ruin Her
Publicada originalmente por Harlequin Enterprises, Ltd.

Todos los derechos están reservados incluidos los de reproducción, total o parcial. Esta edición ha sido publicada con permiso de Harlequin Enterprises II BV.
Todos los personajes de este libro son ficticios. Cualquier parecido con alguna persona, viva o muerta, es pura coincidencia.
® Harlequin y logotipo Harlequin son marcas registradas por Harlequin Books S.A.
® y ™ son marcas registradas por Harlequin Enterprises Limited y sus filiales, utilizadas con licencia. Las marcas que lleven ® están registradas en la Oficina Española de Patentes y Marcas y en otros países.

I.S.B.N.: 978-84-687-2780-6
Depósito legal: M-8504-2013

Nota de la autora

Mientras escribo esta nota, se están celebrando los Juegos Olímpicos de Londres 2012; y mientras los atletas cuentan sus historias, yo me recuerdo repetidamente que no habrían llegado a estar entre los mejores sin muchos años de dedicación y trabajo duro.

Pero a veces, tras dedicar todas tus energías a la consecución de un objetivo, se produce una catástrofe inesperada que destruye en un momento cualquier posibilidad de alcanzar dicho objetivo; entonces, entre los restos de su sueño, el asombrado superviviente se ve obligado a probar un camino distinto.

Ese fue el caso de Max Ransleigh, el Magnífico, hijo de un conde y líder carismático de un grupo de primos a los que se conocía como «los granujas de los Ransleigh». Con su padre en la Cámara de los Lores, Max se había preparado durante toda su vida para ejercer un cargo diplomático de primer nivel; y cuando le ofrecieron la posibilidad de ser ayudante del duque de Wellington en el Congreso de Viena, pensó que sería de utilidad en su carrera.

Sin embargo, todo se vino abajo tras el intento de asesinato del duque, en el que estaba involucrada una francesa de la que Max era amigo. Ahora, ni el valor que había demostrado en Waterloo le podía devolver su reputación perdida.

Tras volver de la guerra y descubrir que sus antiguos asociados y hasta su propio padre le daban la espalda, Max decidió acudir a sus primos y dirigirse a la casa de campo de Alastair. No sabía que su tía, la madre de Alastair, había organizado una celebración para dar a conocer a su hija pequeña, que pronto viajaría a Londres para presentarse en sociedad.

Mientras Max se lamentaba por la pérdida de un futuro convencional, Caroline Denby conspiraba para destruir el suyo. Heredera única de un barón rico, tenía buenas razones para rechazar el matrimonio y las presiones de su madrastra, lady Denby, quien creía que el matrimonio era el fin último de toda mujer. Pero Caroline solo deseaba volver a Kent y dirigir el criadero de caballos que habían fundado su padre y ella.

Cuando Caroline descubre que el infame Max Ransleigh se aloja en la casa de su anfitriona, decide que es exactamente el granuja que necesita. Si mancillaba su reputación, sus pretendientes se alejarían de ella, lady Denby concentraría sus esfuerzos matrimoniales en su hija pequeña y ella podría seguir con su vida y sus caballos.

Pero, a veces, el objetivo que ansiamos no es el

camino que el destino nos depara. Y un amor inesperado se convierte en la mayor bendición de nuestras vidas.

Muy pronto, a lo largo de los años 2013 y 2014, llegarán las historias de los otros granujas: Will el Apostador, hijo natural del hermano del conde, para el que no había un juego que no pudiera ganar; Alastair el Ingenioso, un filósofo y poeta que estaba decidido a superar a Byron hasta que una traición humillante lo transformó en el peor granuja de Inglaterra y, por último, Dominic el Dandy, el hombre más guapo del regimiento, quien volvió de Waterloo mutilado, lleno de cicatrices y en busca de algo que diera sentido a su vida.

Si queréis saber más sobre el trasfondo de mis libros y acceder a fragmentos y actualizaciones, me podéis encontrar en mi sitio web, www.juliajustiss.com; en Facebook, www.facebook.com/juliajustiss y en Twitter, @juliajustiss. Siempre estaré encantada de atender a mis lectores.

Prólogo

Viena, enero de 1815

Max Ransleigh oyó un vals distante y un murmullo de voces cuando salió de la antesala. Rápidamente, caminó hacia la mujer de cabello oscuro que se encontraba en la oscuridad, en el extremo más alejado del vestíbulo. Esperaba que su cuerpo no tuviera más marcas de los malos tratos a los que la sometía su primo.

–¿Qué ocurre? No te ha vuelto a pegar, ¿verdad? –preguntó–. Me temo que no puedo quedarme. Lord Wellington llegará al salón verde en cualquier momento, y detesta que le hagan esperar. De hecho, no habría venido si tu nota no me hubiera parecido urgente.

–Sí, lo sé. Ya me habías hablado de tu cita. Por eso sabía dónde encontrarte.

Su voz suave y de ligero acento francés sonó tan encantadora como de costumbre. Y sus ojos oscuros inspeccionaron la cara de Max con el fondo de tristeza que había despertado su instinto protector desde el principio.

—Has sido muy amable conmigo —continuó—. No tendría palabras suficientes para mostrarte mi agradecimiento... Pero Thierry me ha pedido que le consiga unos pasadores nuevos para su uniforme y no sé dónde encontrarlos. Perdóname por molestarte con un problema tan nimio. Lo quiere para la recepción de mañana, y ya sabes que si no satisfago sus exigencias...

Max se sintió profundamente disgustado ante el hecho de que Thierry St. Arnaud fuera capaz de descargar su resentimiento sobre la delicada y dulce mujer que estaba a su lado. Pensó que encontraría alguna excusa para retarlo a un combate de boxeo y demostrarle lo que se sentía al sufrir una paliza.

Giró la cabeza, miró la puerta del salón verde e intentó que su impaciencia no fuera demasiado obvia.

—No te preocupes. No podré acompañarte hasta mañana, pero conozco una tienda que no está lejos de aquí. Y ahora, te ruego que me disculpes... me están esperando.

Él se dio la vuelta y ella le agarró de la manga.

—Solo unos segundos más, por favor. El simple hecho de estar contigo hace que me sienta más valiente.

Max se sintió halagado por su confesión y triste por los aprietos que sufría. Como hijo menor de un conde, estaba acostumbrado a que la gente acudiera a él en busca de todo tipo de favores. Y aquella pobre viuda pedía muy poco.

Inclinó la cabeza y le besó la mano.

–Estoy encantado de ayudarte. Pero Wellington me arrancará el pellejo si le hago esperar... sobre todo cuando está a punto de empezar la conferencia de plenipotenciarios.

–Lo comprendo. Un aspirante a diplomático no se puede permitir el lujo de molestar al gran Wellington.

Ella abrió los labios como si fuera a añadir algo más, pero los cerró enseguida y los ojos se le empañaron de lágrimas.

–Lo siento mucho, Max.

Max estaba a punto de preguntar por qué le pedía disculpas cuando el sonido de un disparo rompió el silencio.

Sin pensarlo, la puso a su espalda para protegerla de cualquier peligro y se giró. Su oído de soldado le dijo que el disparo procedía del salón verde; del lugar donde Wellington debía de estar en ese momento.

–¡Quédate en las sombras hasta que vuelva!

Max corrió hacia la puerta con el corazón en un puño. Cuando entró en el salón, vio sillas caídas y un montón de documentos esparcidos por el suelo. Olía a pólvora y había humo.

–¡Wellington! ¿Dónde está?

Un cabo, que intentaba arreglar el desorden con ayuda de dos soldados, contestó:

–Lo han sacado por la puerta de atrás.

–¿Ileso?

–Sí, creo que sí. El viejo estaba junto al fuego,

quejándose de su tardanza... Si no se hubiera girado hacia la puerta cuando se abrió, pensando que sería usted, la bala le habría alcanzado en el pecho.

Max se acordó de los ojos llenos de lágrimas, de la extraña disculpa y, muy especialmente, de las palabras que había pronunciado la dama de cabello oscuro cuando salió a su encuentro: «Ya me habías hablado de tu cita. Por eso sabía dónde encontrarte».

¿Estaría involucrada en el intento de asesinato de lord Wellington?

Fuera como fuera, no lo llegó a saber. Cuando llegó al vestíbulo, había desaparecido.

Capítulo 1

Devon, otoño de 1815

−¿Por qué no nos vamos?

Max Ransleigh miró a su primo Alastair y esperó una respuesta. Estaban en la galería, contemplando la gran entrada de mármol de Barton Abbey.

−Pero si acabamos de llegar... Fíjate en esas pobres gentes −Alastair señaló a los criados que arrastraban el pesado equipaje de varias invitadas−. Seguro que esos baúles están llenos de vestidos, zapatos, sombreros y otras fruslerías parecidas que se pondrán para desfilar delante de sus posibles postores. Creo que necesito un buen trago de brandy.

En ese momento, se oyó una voz femenina cargada de reproche.

−Si te hubieras molestado en escribir para avisar de que volvías a casa, podríamos haber cambiado la fecha de la fiesta.

Max se dio la vuelta y se encontró ante Grace Ransleigh, señora de Barton Abbey y madre de Alastair.

–Lo siento, mamá... Ya sabes que no soy bueno escribiendo cartas.

Alastair se inclinó para dar un abrazo a la pequeña mujer de cabello oscuro. Max notó que su primo se había ruborizado, pero no le extrañó; a fin de cuentas, su madre lo había pillado en un comentario poco caballeroso.

–Lo sé, y reconozco que me sorprende –Grace sostuvo un momento las manos de su hijo–. De niño eras incapaz de dejar tu pluma y tu tintero... siempre estabas apuntando algo.

En los ojos de Alastair hubo un destello de dolor, pero fue tan breve que Max pensó que lo habría imaginado.

–Ha pasado mucho tiempo desde entonces, mamá.

La mujer lo miró con tristeza.

–Es posible, pero una madre no olvida nunca. Y en cualquier caso, estoy tan contenta de tenerte aquí que estoy dispuesta a perdonarte por no anunciarme tu regreso. Han sido demasiados años de guerra, siempre preocupada por la posibilidad de que te pasara algo –afirmó–. Pero me temo que tendrás que soportar la fiesta. Como ves, los invitados han empezado a llegar. Ya no la puedo suspender.

Grace soltó las manos de su hijo y se giró hacia su sobrino.

–Me alegro mucho de verte, querido Max.

Max le dio un beso en la mejilla.

–Yo también me alegro, tía Grace. Pero de haber sabido que tenías fiesta, no te habría molestado con mi presencia.

—Tonterías —dijo con firmeza—. Barton Abbey siempre ha sido un hogar para los Ransleigh y siempre lo será, Max. Al margen de lo que puedan cambiar... las circunstancias.

—Eres muy amable. Más que papá.

Max lo dijo con amabilidad, aunque en su pecho ardía la familiar llama de la rabia, el rencor y el arrepentimiento. Al fin y al cabo, era consciente de que se habían presentado en mal momento, justo cuando Grace se disponía a dar una fiesta para un grupo de damiselas en busca de marido y de jóvenes en busca de esposa. Alastair y él lo habían sabido media hora antes, cuando el mayordomo les abrió las puertas de Barton Abbey.

—¿Qué te parece si nos tomamos la copa de la que hablabas antes? —preguntó Max.

—En la biblioteca hay una licorera —intervino Grace—. Le pediré a Wendell que os lleve un poco de jamón y de queso. Estoy convencida de que vuestro apetito no habrá cambiado mucho en estos años.

—Dios te bendiga, mamá... —dijo Alastair, sonriendo.

—Gracias, tía —aceptó Max.

Ya se alejaban cuando la madre de Alastair declaró, dubitativa:

—Supongo que no querréis asistir a la fiesta...

—¿Con tantas vírgenes? ¡Por supuesto que no! —se burló su hijo—. Incluso en el caso de que Max y yo hubiéramos desarrollado un imperdonable gusto por la compañía de seres tan inocentes, mi respetable y casada hermana sería capaz de envenenarnos para alejarnos de ellas. Vamos, Max... larguémonos de aquí antes de que el perfume que emana de esos baúles nos atufe a los dos.

Alastair dio una palmadita a su primo y se detuvo un segundo para besar la mano de su madre.

–Dile a las chicas que nos vengan a visitar más tarde, cuando sus virginales invitadas se hayan acostado.

Max siguió a Alastair hasta la biblioteca, una sala grande con sillones de cuero y una mesa enorme.

–¿Seguro que no te quieres ir? –preguntó mientras servía dos copas.

Alastair soltó un gruñido.

–Maldita sea, Max, esta es mi casa. Voy y vengo cuando quiero, al igual que mis amigos. Además, sé que te alegrarás de ver a Jane y a Felicity... Wendell me ha dicho que lo de la fiesta es cosa de Jane. Cree que Lissa necesita mejorar su experiencia con hombres solteros antes de entrar en el mercado del matrimonio –respondió–. Menos mal que Wendell nos lo ha advertido, porque algunas de las invitadas están locas por encontrar esposo.

Max se acercó a su primo y le dio su copa de brandy.

–Cualquiera diría que mi fama de mujeriego, combinada con mi completa falta de interés hacia las vírgenes, mantendría alejadas a mis pretendientes –continuó Alastair–. Pero, como bien sabes, mi riqueza y mi condición de noble las atrae... afortunadamente, tu presencia en la casa me ofrece una excusa perfecta para evitarlas. Brindo por ti, primo. No solo me has salvado del aburrimiento, sino de la fiesta de Jen.

Max aceptó el brindis.

–Me alegra saber que mi arruinada carrera sirve de algo... –dijo con amargura.

–Oh, vamos, tu carrera no está arruinada. Solo es un contratiempo pasajero. Más tarde o más temprano, el Foreign Office te declarará inocente de lo que pasó en Viena.

Max sacudió la cabeza. Él también había pensado que el asunto se resolvería con rapidez. Hasta que habló con su padre.

–No sé, Alastair. Aún existe la posibilidad de que me sometan a un consejo de guerra.

–¿Después de lo de Hougoumont? –preguntó con sorna–. Quizás te someterían a consejo si hubieras abandonado a tu unidad en Waterloo, pero ningún tribunal te juzgará por haber participado en la batalla en lugar de quedarte en Inglaterra, como te habían ordenado. En el Estado Mayor son conscientes de que muchos te deben la vida.

–Aun así...

–No, Max. Ni los oficiales de la Horse Guards, que son ridículamente rígidos con los asuntos disciplinarios, se atreverían a llevarte a juicio.

–Espero que tengas razón. Como dijo mi padre cuando se dignó a hablar conmigo, ya he manchado suficientemente el buen nombre de la familia.

Max pensó que eso no era lo peor que le había dicho el conde de Swynford durante su reciente y dolorosa entrevista.

Mientras él se mantenía en silencio, sin hacer nada por defenderse, su padre lo acusó de haber avergonzado a la familia y de haber complicado su trabajo en la Cámara de los Lores, donde luchaba por mantener una coalición. Y no contento con sus recriminaciones, le había ordenado que se mantuviera lejos de la casa de los Ransleigh en Londres y de la mansión que tenían en Hampshire.

Luego, cuando terminaron de hablar, Max se marchó tan deprisa que ni siquiera tuvo ocasión de hablar con su madre.

–¿Es que el conde sigue sin entrar en razón?

Max no dijo nada. Alastair lo miró a los ojos y suspiró.

–Mi querido tío es casi tan rígido y obstinado como nuestros viejos generales. ¿Estás seguro de que no quieres que hable con él?

–Sabes perfectamente que discutir con mi padre solo sirve para que se reafirme en sus puntos de vista. Además, podría enfadarse contigo y castigarte como me ha castigado a mí, para gran dolor de nuestras respectivas madres. No, olvídalo. Agradezco tu sentido de la lealtad; te lo agradezco más de lo que podría expresar con palabras, pero...

A Max se le quebró la voz.

–No hace falta que digas nada –Alastair alcanzó la licorera, rellenó las copas y alzó la suya a modo de brindis–. ¡Por los granujas de los Ransleigh!

–Por los granujas.

Max se animó un poco mientras intentaba recordar cuándo había acuñado Alastair el lema de los Ransleigh.

Si la memoria no le fallaba, había sido en Eton,

durante su segundo año de estudios, después de que un profesor los echara de clase por alguna infracción olvidada tiempo atrás y se refiriera a ellos de ese modo. Más tarde, los cuatro primos introdujeron una botella de brandy en su dormitorio y brindaron por primera vez con la frase del profesor.

La referencia de los granujas se extendió por la facultad. Con el tiempo, quedó indisolublemente unida a los cuatro y los unió más. Estuvieron juntos en los trabajosos días de Eton, los relajados de Oxford y los duros de la guerra, que tampoco logró separarlos. Alastair, que había sufrido un desengaño amoroso de lo más humillante, se alistó en caballería y juró morir en batalla. Pero sus primos se alistaron para cuidar de él.

Como cuidaron de Max tras el intento de asesinato de lord Wellington en el Congreso de Viena. Porque al volver a Londres, descubrió que había caído en desgracia y que los únicos que seguían a su lado eran, por supuesto, sus primos.

Su vida había cambiado de la noche a la mañana: de tener un cargo diplomático que lo mantenía ocupado todo el tiempo a estar de brazos cruzados, sin más quehacer que unas cuantas distracciones perfectamente ociosas. Con su carrera diplomática en ruinas y un futuro incierto, Max ni siquiera se atrevía a pensar lo que habría sido de él si no hubiera contado con el apoyo de Alastair, Dom y Will.

–Sé que tu madre no lo admitiría nunca, pero es obvio que nuestra llegada es un inconveniente para ella. Y puesto que no vamos a probar los productos que se ofrecen en su fiesta, ¿no crees que deberíamos irnos a otro sitio? A tu cabaña de caza, tal vez.

Alastair echó un trago y sacudió la cabeza.

–Es demasiado pronto para ir de caza. Además, sospecho que mi madre está más preocupada por la moralidad de sus jóvenes invitadas que avergonzada por nuestra presencia. Ten en cuenta que sigues siendo el hijo de un conde –le recordó–. Aunque te hayan retirado del servicio diplomático.

–Retirado del servicio y expulsado por mi propia familia –observó Max.

–Sí, eso es cierto. Pero tienes el encanto necesario para seducir a cualquiera de las vírgenes de Jane, si tal fuera tu propósito.

–¿Y por qué lo iba a ser? Pensé que lady Mary sería una buena esposa para un diplomático, pero perdió todo interés por mí cuando me retiraron el cargo y, por mi parte, he perdido todo interés en el matrimonio.

Max habló con naturalidad, como si el desengaño que se había llevado con Mary fuera irrelevante. No quería que su primo supiera lo mucho que le había dolido; sobre todo, porque había roto con él después de que su padre lo expulsara.

–Si fuera posible, me iría contigo a cualquier otro sitio; por lo menos hasta que esas jovencitas se marchen. Pero no se me ocurre ninguno –declaró Alastair–. Además, tengo que encargarme de unos asuntos de la finca... y no quiero volver a Londres ahora, en plena temporada de teatro. Desirée sería capaz de buscarme, encontrarme y montarme otra de sus escenas, que ya me aburren.

–¿Es que no quedó satisfecha con las esmeraldas que le regalaste cuando te la quitaste de encima?

Alastair suspiró.

–Me temo que no. Quizás cometí un error al recomendarle que limitara su histrionismo al escenario –admitió–. En todo caso, me he cansado de su naturaleza posesiva... Al principio, era apasionada en la cama e ingeniosa, pero luego, con el paso del tiempo, empezó a ser tan estricta y tediosa como las demás.

La expresión de Alastair se volvió tan amarga como dura. Max sabía lo que significaba, porque la había visto muchas veces en su semblante desde el desengaño amoroso de su juventud. Y como en otras ocasiones, volvió a maldecir en silencio a la mujer que le había causado tanto dolor; una mujer que había roto su compromiso de la forma más pública y humillante que se pudiera imaginar.

A pesar de ello, sintió la tentación de criticarlo por el desdén que mostraba hacia las mujeres en general. Pero se contuvo.

Sabía que Alastair no se lo habría tomado bien; y, por otra parte, él mismo sintió una punzada de dolor al acordarse de la mujer de pelo oscuro que lo había engañado en Viena con una historia triste y una cara bonita.

Qué diferente habría sido su vida si hubiera reservado sus hazañas a los campos de batalla y no se hubiera empeñado en hacer de caballero andante. Teniendo en cuenta lo que le había pasado, estaba dispuesto a conceder a su primo que ninguna mujer, exceptuadas las que vendían su amor en encuentros breves, merecía la pena.

—Yo tampoco siento el menor deseo de volver a Londres —le confesó—. Debo mantener las distancias con mi padre y con el Gobierno, lo cual afecta a la mayoría de mis antiguos amigos. Y en cuanto a la hermosa señora Harris...

Alastair lo miró con interés y esperó a que terminara la frase.

—Tuve que empeñar tanto tiempo y tacto para desenredarme de ella que prefiero mantenerme lejos de la capital hasta que se enrede con alguien más.

—Entonces, podríamos ir a Bélgica, a ver los progresos de Dom. Por lo que tengo entendido, Will se ha quedado allí para cuidar de él —Alastair soltó una carcajada—. ¡Típico de Will! ¡Encontró una excusa para quedarse en el continente mientras tú y yo volvíamos a casa! Aunque afirma que no sigue en Bruselas por Dom, sino por todos esos diplomáticos y oficiales ricos que están dispuestos a jugarse su fortuna en una mesa de juego.

—No sé si Dom apreciaría nuestra visita. La última vez que lo vi, estaba bajo los efectos del láudano que le daban para aliviarle el dolor de la amputación... Se quejó de que no hacía más que molestarle con mis atenciones y me ordenó que volviera a Inglaterra e intentara aplacar a mi padre y al Estado Mayor del Ejército.

—Sí, también intentó echarme a mí, pero no me podía ir hasta estar seguro de que se recuperaría —Alastair apretó los dientes y apartó la mirada—. A fin de cuentas, fui yo quien os arrastró al Ejército. Si alguno de vosotros hubiera caído en la guerra, no me lo habría perdonado.

–Tú no nos arrastraste a nada –protestó Max–. Habríamos ido de todas formas, como la práctica totalidad de nuestros amigos de Oxford.

–Aun así, no estaré completamente tranquilo hasta que Dom vuelva a casa y empiece a vivir otra vez. Deberíamos ir a Bélgica y animarlo un poco.

Max comprendía el punto de vista de su primo, aunque no estaba de acuerdo en la conveniencia de volver al continente. El proceso de recuperación de Dominick, un hombre tan guapo que en el regimiento lo llamaban «el Dandy», iba a ser duro. Había perdido un brazo y tenía media cara marcada para siempre por un tajo de sable.

–Sinceramente, creo que deberíamos dejarlo en paz durante una temporada. Cuando tu vida se hunde de repente, necesitas un poco de soledad para replantearte las cosas... Fíjate en mí, por ejemplo. Han pasado varios meses desde que me retiraron del servicio y sigo sin saber qué hacer. Tú tienes tus tierras y tus propiedades, pero yo...

Max se rio sin humor y sacudió una mano en un gesto de frustración.

–La encantadora señora Harris fue un buen divertimento, pero todavía estoy por encontrar una ocupación que no dependa de la buena voluntad de mi padre. Por desgracia, el cuerpo diplomático me ha cerrado las puertas de la única carrera que siempre me gustó. Y dudo que ahora, con mi reputación mancillada, me acepten en la iglesia... en el remoto caso de que sintiera la llamada de Dios –ironizó.

Alastair sonrió y sacudió la cabeza.

–¿Tú? ¿El amante de casi todas las actrices de Londres, desde Drury Lane hasta el Royal Theatre, convertido en el padre Max? No, no te veo con sotana.

–Siempre me puedo unir a la Compañía de Jesús y marcharme a la India a hacer fortuna. Sería un monje y, al final, me comería un tigre –bromeó.

–Pobre del tigre que intentara devorarte... –replicó su primo–. Pero si la India no te resulta atractiva, ¿por qué no te quedas en el Ejército? A tu padre le molestaría mucho. Se lo tomaría como una burla.

–Y yo lo disfrutaría –ironizó Max–. Sin embargo, es imposible. A pesar de mis servicios en Waterloo, lord Wellington no ha olvidado que me estaba esperando a mí cuando atentaron contra su vida en Viena.

Alastair asintió.

–Bueno, estoy seguro de que se te ocurrirá algo. Eres un líder natural, y el más listo de los granujas –dijo–. Pero ten cuidado con lo que haces mientras estemos en Barton Abbey... No querrás que una de las vírgenes de Jane te eche el lazo, ¿verdad?

–¡Por supuesto que no! Lo único bueno del desastre de Viena es que ya no soy el heredero de mi familia, honor que ahora recae en mi hermano –contestó–. Han dejado de presionarme para que me case, y no voy a permitir que una alcahueta maliciosa me robe mi libertad.

Alastair alcanzó la licorera, rellenó las copas y propuso un nuevo brindis.

—¡Por la libertad entonces!

Max miró a su primo. Definitivamente, no tenía la menor intención de casarse. Y mucho menos de permitir que Jane lo condenara a un matrimonio concertado tan frío y carente de pasión como el de sus propios padres.

—Por la libertad.

Capítulo 2

—¡No, no, tonta! ¡Sacúdelo antes de colgarlo!

Caroline Denby, que estaba sentada en el sofá de una de las habitaciones de invitados de Barton Abbey, alzó la cabeza. Su madrastra le quitó el vestido de noche a la desventurada doncella y lo sacudió.

—¿Lo ves? Se hace así —lady Denby colgó el vestido y se giró hacia su hijastra—. Caroline, querida, ¿por qué no dejas ese libro y supervisas el trabajo de Dulcie? Entre tanto, yo me aseguraré de que esta chica no arrugue toda nuestra ropa.

Caroline cerró el libro a su pesar.

—De acuerdo...

Estaba contando las horas que faltaban para volver a Denby Lodge y a sus caballos. Barton Abbey le parecía un lugar lúgubre y la fiesta un acontecimiento deprimente. Además, odiaba la idea de perder casi diez días de entrenamiento. Los caballos de su padre gozaban de una fama bien ganada en el Ejército y en los círculos hípicos, y no quería que la obsesión de su madrastra por desposarla se interpusiera en su trabajo.

Pero Caroline tenía otro motivo para desear volver a los cercados y a los establos de Denby Lodge, que le resultaban tan cómodos y familiares como las viejas botas de montar de su difunto padre. Cuando estaba allí, casi podía sentir la bondadosa presencia de sir Martin, cuidando de ella y de sus animales como lo había hecho durante toda su vida.

Lo echaba terriblemente de menos.

Suspiró y lanzó una mirada a Dulcie. La criada había abierto un baúl y estaba sacando las blusas, ballenas y medias, envueltas todas en papel.

Caroline pensó que debía estar agradecida a su madrastra por haber permitido que supervisara la ropa interior mientras ella se encargaba de los vestidos; así no tendría que mirarlos hasta que se viera obligada a ponerse uno. Aunque puesta a elegir, prefería cualquiera de esas prendas de colores espantosos a terminar casada.

—Está bien, ayudaré a Dulcie. Pero cuando termine, saldré a montar a Sultán.

Su madrastra abrió la boca con la evidente intención de llevarle la contraria, y Caroline se apresuró a recordarle la promesa que le había hecho.

—Dijiste que, si consentía en asistir a la subasta de ganado de la señora Ransleigh, podría montar todos los días.

—¡Caroline, por favor! —protestó lady Denby, ruborizada—. No hables de la fiesta de nuestra anfitriona en esos términos.

Lady Denby señaló a las criadas con la cabeza, para recordarle que no estaban solas, pero Caroline se encogió de hombros.

–¿Y cómo quieres que hable? Unos cuantos caballeros que buscan esposas ricas y evalúan su aspecto y su pedigrí antes de cerrar el trato... Es lo mismo que hacen en las ferias de ganado, lo mismo que hacen cuando quieren comprar uno de los caballos de mi padre. Aunque supongo que a las hembras de este lugar se nos ahorrará la humillación de que nos examinen los dientes y las piernas.

–Por Dios, Caroline... –dijo su madrastra en tono de reproche–. Tu analogía es tan deplorable como vulgar. Del mismo modo en que una dama desea asegurarse del carácter de su pretendiente, un caballero necesita saber que la mujer a quien le ofrece matrimonio es fértil y de buena cuna.

–Y rica.

Lady Denby hizo caso omiso del comentario.

–¿Por qué no te permites el placer de disfrutar de las atenciones de un joven atractivo? Sé que no quieres pasar otra temporada en Londres.

–Y también sabes que no estoy interesada en casarme –declaró con hastío–. Olvídate de mí y concentra tus esfuerzos en buscar marido a Eugenia. Es bella, tiene dote suficiente como para atraer al caballero que más le guste y, por lo demás, lo está deseando. ¡Piensa en cuánto esfuerzo te ahorrarías si se compromete ahora! No tendrías que llevarla a Londres en primavera.

–A diferencia de ti, Eugenia arde en deseos de ir

a la ciudad. Y aunque no quiero ser descortés contigo, te recuerdo que te estás haciendo mayor... Si no te casas pronto, te quedarás para vestir santos.

–Eso no me preocupa –replicó–. Además, te olvidas de Harry.

–Caroline, la India es un lugar pagano y poco saludable, lleno de saqueadores, fiebres y todo tipo de peligros. Comprendo que no quieras admitirlo, pero existe la posibilidad de que el teniente Tremaine no vuelva.

Lady Denby miró a su hijastra con una intensidad repentina, como si hubiera pensado algo que no se le había ocurrido hasta entonces.

–No es posible que Tremaine fuera tan irresponsable e indecoroso como para pedirte que lo esperaras, ¿verdad?

Su hijastra sacudió la cabeza y dijo:

–No, por supuesto que no.

–Eso espero, porque habría sido muy poco apropiado; sobre todo, teniendo en cuenta que se marchó a Calcuta cuando aún no te habías repuesto de la muerte de tu padre –declaró–. Sé que Tremaine y tú os conocéis desde niños y que te sientes cómoda con él, pero tienes que ser razonable. ¿Qué pasará si no vuelve? Estoy segura de que podrías encontrar a otro caballero igualmente... complaciente.

Lady Denby no tuvo que entrar en detalles para que Caroline entendiera lo que había querido decir con su apelación a la complacencia de Harry. Con él no necesitaba ocultar que prefería los caballos y los perros de caza a los vestidos de noche y la costura;

no tenía que disimular sus intereses, muy poco habituales en una mujer, ni fingir deferencia femenina ante las opiniones y decisiones de los hombres.

Si debía contraer matrimonio, estaba dispuesta a sacrificarse y a casarse con su querido amigo de la infancia, por el que sentía el mismo tipo de afecto cálido que había sentido por su padre, pero no iba a arriesgar su vida por el primer seductor que pusiera el ojo en su dote o en los caballos de Denby.

Por desgracia, tenía tanto dinero que, a pesar de su carácter, le sobraban pretendientes. Y Caroline desconfiaba de su presunta tolerancia. Sabía que, cuando se casara, su esposo tendría control legal sobre ella y sobre sus propiedades, incluidos los establos. Si no se andaba con cuidado, terminaría como su prima Elizabeth, cuyo marido había malgastado toda su fortuna antes de abandonarla.

–En los cinco años transcurridos desde que Harry se alistó, no he encontrado a nadie que se parezca a él.

–¡Porque no lo has buscado! Convenciste a tu difunto padre de que te mantuviera lejos de fiestas y actos sociales... Si yo no hubiera insistido, no habrías ido a Londres el año pasado. Por Dios, no es normal que una jovencita se niegue a casarse.

Caroline quiso protestar, pero su madrastra se le adelantó.

–¿Por qué no concedes una oportunidad a los invitados de la señora Ransleigh? Es posible que conozcas a un caballero que te guste... Lo digo por tu bien –declaró con desesperación–. Solo quiero lo mejor para ti.

Caroline se acercó a su madrastra y le dio un abrazo cariñoso. Sabía que la preocupación de lady Denby era sincera, sin embargo, no compartía su concepto de lo que era mejor para una dama.

—Sé que solo quieres lo mejor para mí, pero yo no puedo ser la esposa de un hombre corriente. ¿Cómo crees que reaccionaría cuando me viera con pantalones y botas de montar, con los pies hundidos en el barro y el pelo lleno de paja? Además, yo no poseo tu carácter dulce, que te permite escuchar con interés fingido al más estúpido de los caballeros. Soy más dada a criticarlo con descaro, incluso en público.

—Tonterías. Sé que a veces eres impaciente con los que no están a la altura de tu ingenio, pero tienes un gran corazón y nunca has sido maleducada... Debes casarte, Caroline. Aunque solo sea porque fue el último deseo de tu padre.

Caroline arqueó una ceja con escepticismo.

—¡Es cierto, lo fue! Comprendo que desconfíes de mí, teniendo en cuenta que tu padre no hizo ningún esfuerzo por casarte, pero me lo pidió en su lecho de muerte. Me urgió a encontrarte un buen esposo, un hombre que te hiciera feliz.

Caroline sonrió.

—Te creo... Llevaste tanta alegría a su vida e hiciste tantas cosas por él que no me extraña que, al final, lo convencieras para que me instara a casarme.

Lady Denby suspiró.

—Sí, fuimos muy felices. Y por cierto, siempre te he estado agradecida por tu apoyo. Cuando me casé con él, temí que te pusieras en mi contra. A fin de cuentas, estabas acostumbrada a tenerlo solo para ti.

Caroline se rio.

–¡Y me puse en tu contra con toda mi alma! Intenté mostrarme hosca, distante y rencorosa, pero tu buen carácter y tu evidente preocupación por nuestro bienestar terminó por imponerse a mi mal humor.

Lady Denby la miró con intensidad.

–No estarás preocupada por la posibilidad de ser madre, ¿verdad? Sé que siempre te ha parecido una especie de maldición, y que temes el peligro que implica el parto. Pero créeme, el riesgo merece la pena. Lo sabrás cuando tengas a tu primer hijo. Es una sensación tan dichosa que no quiero que te la pierdas.

Caroline prefirió no recordarle que muchas mujeres, incluida su madre, habían muerto por el deseo de sentir esa dicha. La conocía lo suficiente como para saber que no habría servido de nada y, por otra parte, empezaba a estar cansada de la conversación. Si lady Denby insistía con lo del matrimonio, terminaría por perder la paciencia con ella.

–Está bien; te prometo que haré un esfuerzo con los caballeros que me presenten. Y ahora, será mejor que me vista para salir a montar... –Caroline le dedicó una sonrisa pícara–. Pero no te preocupes por mi aspecto. Dejaré mis pantalones habituales y me pondré la ropa que se espera de una dama.

Lady Denby se estremeció y su hijastra rompió a reír. Justo entonces, Eugenia entró en la habitación y las miró con espanto.

—¡Traigo noticias terribles, mamá!
—¿Qué sucede?
—¡Tenemos que hacer el equipaje y marcharnos de inmediato!
—¿Marcharnos? —preguntó su madre.

Antes de que la hermanastra de Caroline pudiera responder, lady Denby se giró hacia las dos doncellas y dijo:

—Dejadnos a solas, por favor.

Las criadas se marcharon en seguida.

—¿Y bien? ¿Qué calamidad justifica que tengamos que hacer las maletas cuando acabamos de llegar? ¿Es que la señora Ransleigh está enferma?

—No, no es eso; es que su hijo, el señor Alastair Ransleigh, se ha presentado de improviso —respondió Eugenia—. ¡Su fama es atroz! ¡La señorita Claringdon afirma que mantiene relaciones con actrices y mujeres de vida disipada!

—¿Ah, sí? ¿Y qué sabes tú de mujeres de vida disipada? —preguntó su hermanastra con una sonrisa.

Eugenia se ruborizó.

—Nada, por supuesto... salvo por las cosas que se rumoreaban en el colegio. Me limito a decir lo que la señorita Claringdon me ha contado. Su familia tiene muchos contactos y, además, ella estuvo en Londres la primavera pasada.

—¡Oh, pobre señora Ransleigh! —declaró lady Denby—. Es una situación envenenada... No puede echar de casa a su propio hijo.

—Sí, supongo que es embarazoso para ella, pero no nos podemos quedar. La señorita Claringdon afirma que el simple hecho de conversar con él basta para arruinar la reputación de una dama –dijo Eugenia–. ¡Qué inconveniente! Tenía muchas ganas de entablar amistad con algunas de las personas a las que veré en Londres durante la siguiente temporada de actos sociales... ¡Y eso no es todo!

–¿Que no es todo? ¿Hay más noticias malas? –preguntó lady Denby.

Eugenia frunció su perfecto ceño.

–Me temo que sí. Alastair Ransleigh no ha venido solo; está en compañía del honorable señor Maximilian Ransleigh.

–¿Y qué tiene eso de malo? –se interesó Caroline, recordando algunas de las cosas que su madrastra le había contado en Londres–. ¿No es acaso el hijo menor del conde de Swynford, un hombre guapo, rico y con una carrera política prometedora?

–Lo era, pero sus circunstancias han cambiado. La señorita Claringdon me lo ha contado todo –contestó Eugenia–. Pero no me extraña que no te enteraras del escándalo, Caro... fue cuando sir Martin cayó enfermo y tuviste que volver a casa.

–¿Qué pasó? –dijo lady Denby.

–Ah... recuerdo que lo llamaban Max el Magnífico. Era el preferido de la sociedad londinense, un caballero capaz de persuadir a cualquier hombre y de hechizar a cualquier mujer. Sirvió con honor en el Ejército, y le encargaron que fuera ayudante de lord Wellington en el Congreso de Viena.

–Sí, lo recuerdo... –declaró su madre.

–Era una misión perfecta para un diplomático,

pero alguien atentó contra la vida de lord Wellington y Maximilian Ransleigh cayó en desgracia. Por lo visto, mantenía algún tipo de relación con una sospechosa.

Caroline la miró con interés. Antes de viajar a Calcuta, Harry le había dicho que lord Wellington, comandante en jefe de los ejércitos aliados y de las tropas de ocupación en Francia, se había visto obligado a llevar guardia personal tras recibir varias amenazas de asesinato.

–¿Eso es todo lo que sabes?

–La señorita Claringdon no conoce los detalles, pero dice que lo obligaron a volver a Inglaterra y que, más tarde, cuando Napoleón escapó de Elba y reunió un nuevo ejército, Maximilian Ransleigh desobedeció la orden de permanecer en Londres y viajó a Bélgica para unirse a su regimiento.

–¿Luchó en Waterloo?

–Creo que sí. Y por lo que tengo entendido, existe la posibilidad de que lo sometan a un consejo de guerra –explicó–. En cualquier caso, el conde de Swynford se enojó tanto que lo expulsó de su casa... y lady Mary Langton, que se iba a casar con él, rompió el compromiso.

–Pobre hombre.

Eugenia se encogió de hombros.

–Supongo que lo de lady Mary le afectó mucho, porque juró que no se casaría con nadie. Desde entonces se ha dedicado a perder el tiempo en Londres con su primo Alastair, siempre en compañía de alguna actriz o de mujeres de mala fama.

Caroline se acordó de otra cosa que Harry le había contado. Maximilian y sus tres primos, a los que llamaban «los granujas», habían coincidido con él en la universidad antes de que se alistaran en el Ejército y lucharan contra los franceses en España. Según Harry, eran hombres fuertes y valerosos que no huían nunca del peligro.

–La señorita Claringdon estuvo a punto de romper a llorar cuando me lo dijo. Al parecer, había puesto los ojos en Maximilian antes de que empezara a salir con lady Mary... pero ahora, con la vida disipada que lleva, ninguna dama decente se atrevería a dejarse ver en compañía de semejante hombre.

–De un hombre que es hijo de un conde –le recordó lady Denby–. Qué lástima.

–¿Qué hacemos? ¿Nos vamos entonces, mamá? ¿O prefieres que nos quedemos y que evitemos a esos dos caballeros?

Lady Denby tardó unos momentos en responder.

–La señora Ransleigh y su hija mayor, lady Gilford, son personas muy respetadas; de hecho, lady Gilford es la anfitriona joven con más influencia del mundillo social. Estoy segura de que hablarán en privado con los caballeros y que, cuando les hayan explicado la situación, se marcharán de la casa o se mantendrán alejados para no comprometer de ningún modo a los invitados.

–Es decir, para que no arruinen inadvertidamente la inocencia de ninguna joven –dijo Caroline, que guiñó un ojo a su hermanastra.

Lady Denby asintió.

–Exacto. Y aunque sé que la señora Ransleigh solventará el problema, será mejor que vaya a buscarla y me interese al respecto.

Caroline estalló en carcajadas.

–Y dime, ¿cómo lo vas a hacer? ¿Te vas a presentar delante de ella y le vas a decir que no quieres que su disoluto hijo y su depravado sobrino anden por ahí, poniendo en peligro la reputación de tus hijas?

Eugenia soltó un grito ahogado, pero lady Denby sonrió y dio una palmadita a su hijastra en el brazo.

–Sí, será una situación embarazosa, pero te aseguro que afrontaré el problema de una forma bastante más discreta que esa.

–Pídele que encierre a los caballeros en el ático o en el sótano –bromeó Caroline–, para que ninguna de las invitadas pierda su virtud.

–No deberías tomártelo a broma –intervino Eugenia con gesto de preocupación–. El futuro de una dama depende de que su reputación sea intachable. Además, no veo qué hay de divertido en semejante calamidad... sobre todo, después de que la señorita Claringdon me dijera que lady Melross llegó esta tarde.

Lady Denby gimió.

–¡La peor chismosa del país! ¡Qué mala suerte! Será mejor que os andéis con cuidado. A lady Melross le encantan los escándalos, haría cualquier cosa por descubrir alguna fechoría de la que pueda cotillear en Londres.

–De acuerdo –Caroline se puso seria al ver tan

agitada a su madrastra–. Por mí no te preocupes. Me portaré bien.

–En fin, voy a hablar con nuestra anfitriona –dijo lady Denby–. Eugenia, te acompañaré a tu dormitorio y te quedarás en él hasta la cena, mientras yo me informo del estado real de... de la situación.

–Hazlo, por favor –le rogó–. ¡No abriré la puerta a nadie hasta que me digas que este lugar es seguro!

–En tal caso, será mejor que os deis prisa –dijo Caroline.

Estaba ansiosa por perderlas de vista. Temía que su madrastra se acordara de que iba a salir a montar y le prohibiera salir de la habitación, lo cual la habría condenado a un enfrentamiento desagradable. No iba a permitir que su obsesión por las convenciones sociales y las habladurías le impidiera montar el mejor caballo que había entrenado.

En cuanto se fueron, alcanzó el tirador de la campanilla para llamar a Dulcie y pedirle que la ayudara a vestirse. Mientras sacaba la ropa, suspiró y pensó que habría estado infinitamente más cómoda con los pantalones y las botas que había guardado con disimulo en su *portmanteau*. No tenía intención de ponérselos cuando sus anfitriones o los invitados la pudieran ver, pero estaba decidida a usarlos durante sus salidas diarias al alba.

En ese momento cayó en la cuenta de que el peligro de cruzarse con Maximilian y Alastair era demasiado real. Si la señora Ransleigh les pedía que salieran de la casa, existía la posibilidad de que se retiraran a los establos.

Pero, a pesar de la alarma de Eugenia, Caroline no sintió ninguna aprensión por ello. En primer lugar, porque dudaba que la encontraran tan atractiva como para intentar violarla en el pajar y, en segundo, porque estaba convencida de que su reputación no sufriría en absoluto si la veían hablando con los dos caballeros.

Momentos después llamaron a la puerta. Era Dulcie.

Caroline se desnudó a toda prisa y se puso la ropa de montar del mismo modo, por miedo a que su madrastra regresara. De hecho, no se tranquilizó hasta que salió de la casa y tomó el camino de los establos.

Mientras avanzaba, miró los campos con curiosidad. Pero solo vio al mozo de cuadra que le había ensillado a Sultán.

Disfrutó tremendamente del paseo, tan encantada como siempre de montar un caballo tan magnífico y tan obediente a la vez. Y cuando ya volvía a los establos, tuvo que admitir que se sentía algo decepcionada por no haber visto a Maximilian y Alastair. En su opinión, enfrentarse a unos canallas de verdad podía ser muy interesante.

Sin embargo, sabía que su madrastra se habría llevado un disgusto si hubiera hablado con ellos, tanto por su mala reputación como por el hecho de que lady Melross se encontrara en Barton Abbey. Si esa cotilla se llegaba a enterar, carecería de importancia que su hipotética conversación se hubiera reducido al tiempo o a los caballos; antes de que cayera la noche, la habría convertido en poco menos que una perdida.

Ya estaba desmontando cuando tuvo una idea. Quizás no fuera tan malo que la vieran con uno de ellos. Si su reputación se resentía, se ahorraría el espanto de tener que desfilar por las fiestas de Londres y sería inaceptable para cualquier pretendiente, excepción hecha de su amigo Harry Tremaine.

La idea le pareció tan audaz que se emocionó y tiró de las riendas sin querer, haciendo que Sultán girara la cabeza. Caroline le susurró unas palabras cariñosas y respiró hondo. Su pulso se había acelerado. Pero cuanto más lo pensaba, más le gustaba el plan.

Durante el camino al dormitorio, sopesó la idea desde todos los puntos de vista posibles. Lady Denby se sentiría muy consternada al principio, pero Eugenia y ella se marcharían pronto a Londres y el pequeño escándalo se olvidaría rápidamente entre los compromisos y el ajetreo. Al fin y al cabo, iba a ser la primera temporada de su hermanastra en la capital.

Cuando llamó a Dulcie para que la ayudara a desnudarse y a ponerse uno de sus espantosos vestidos de noche, ya había tomado la decisión.

Ahora solo tenía que encontrar a uno de los granujas y convencerlo para que mancillara su buen nombre.

Capítulo 3

Tres días después, a última hora de la tarde, Max Ransleigh estaba leyendo un libro en el invernadero, a la sombra de unas palmeras que le protegían del sol. Alastair había salido a comprar vacas o gallinas para sus tierras, y él había optado por quedarse allí tras echar un vistazo a la agenda que le había preparado su tía, donde detallaba las actividades diarias de sus invitados.

Se sentía embargado por una inquietud que ya le resultaba familiar. No deseaba participar en las actividades sociales de su anfitriona, pero extrañaba mucho, intensamente, su trabajo para el Gobierno. Estaba acostumbrado a desempeñar un papel activo en el mundo de la política, a moverse con facilidad entre los invitados de fiestas y reuniones, a solicitar opinión a los caballeros presentes y a dar conversación a las damas.

Max sabía comportarse con todo el mundo, de todas las edades y condiciones, desde los más elocuentes hasta los más tímidos. Cuando hablaba con alguien, su interlocutor quedaba convencido de que sus palabras le habían parecido fascinantes y de que había estado con un hombre inteligente, atento, encantador y carismático.

Tenía don de gentes; un don que ya no podía aprovechar.

Angustiado y enojado al mismo tiempo, despreció la belleza de la puesta de sol y se quedó mirando la estructura de hierro del invernadero. Necesitaba algo a lo que poder dedicar su energía; algo que mereciera la pena.

Estaba tan abstraído que tardó más de la cuenta en oír los pasos que se acercaban, y cuando los oyó, pensó que sería Alastair y giró la cabeza con una sonrisa.

Pero la sonrisa se le heló en los labios.

En lugar de su primo apareció una joven que se detuvo ante él. Llevaba un vestido de color morado, con una verdadera erupción de volantes de encaje, lentejuelas irisadas y grandes nudos de rosas envueltas en más encajes y decoradas con perlas. Le pareció tan vulgar y excesivo que se quedó atónito.

–¿Señor Ransleigh?

Max dejó el libro en el banco y se levantó. Por el aspecto de la joven, debía de ser una de las invitadas de su tía Grace; en cuyo caso, cometía un error terrible al estar a solas con él. Especialmente sin la compañía de una mujer de mayor edad.

–¿Se ha perdido, señorita? –Max lanzó una mirada hacia la entrada del invernadero–. Si busca la casa, tome ese camino y gire a la izquierda. Pero dese prisa. Supongo que su carabina la echará de menos.

Max señaló la puerta, dando por sentado que la joven se marcharía, pero lejos de volver sobre sus pasos, se acercó un poco más.

—No estoy buscando a mi carabina, sino a usted —afirmó—. ¡Y ha resultado ser muy escurridizo! Llevo tres días buscándolo.

Su afirmación lo desconcertó un poco más. Estaba seguro de que su primo y él serían la comidilla de los invitados y de que le habrían advertido sobre la conveniencia de mantenerse alejada de ellos.

Como no la había visto en toda su vida, supuso que tendría que hablar con Alastair por algún motivo y que se había confundido de persona. Aunque le extrañó que una joven respetable quisiera reunirse en secreto con un granuja tan famoso, y que el propio Alastair, a quien le gustaban las mujeres refinadas y con experiencia, estuviera en tratos con una de las virginales invitadas de su madre.

—Lo siento, señorita, pero se ha equivocado de persona. Soy Max Ransleigh, y debo recordarle que mi compañía no está precisamente bien vista en la actualidad. Por su bien, insisto en que se vaya de inmediato y...

—Sé quién es, señor —lo interrumpió—. He venido a buscarlo porque tengo una propuesta que quizás le interese.

Max parpadeó.

—¿Una propuesta?

—Sí. Me llamo Caroline Denby. Soy la hija del difunto sir Martin Denby, el dueño de los establos Denby.

Max asintió.

–Encantado de conocerla, señorita... Y permítame que le exprese mis condolencias por la muerte de su padre, de cuyos excelentes caballos he oído hablar. Pero si necesita hablar conmigo, es mejor que organice un encuentro a través de la señora Ransleigh. No puede quedarse aquí. Si alguien nos ve, se arriesga a perder su buena reputación.

–Precisamente –dijo–. Y no me basta con arriesgarme a perderla. Quiero que se hunda por completo.

La afirmación de Caroline fue tan inesperada que Max, el hombre que siempre tenía réplica para todo, se quedó boquiabierto.

–Verá... es una situación complicada –continuó ella–. No me quiero casar, pero mi dote es tan generosa que nunca me faltan pretendientes y, por si eso fuera poco, mi madrastra está empeñada en que el matrimonio es el estado natural de una mujer.

Max la dejó hablar.

–Pues bien, he pensado que si me encuentran en una situación comprometedora con un hombre de mala fama, mi reputación quedaría irremediablemente mancillada y mi madrastra tendría que renunciar a sus planes, aunque solo fuera porque ningún caballero de honor se querría casar conmigo.

Al comprender por fin sus intenciones, Max inclinó la cabeza a modo de despedida. Estaba indignado.

–Buenos días, señorita Denby.

Ya había llegado a la puerta cuando ella lo alcanzó y le tiró de la manga para detenerlo.

–Por favor, señor Ransleigh... Sé que es una propuesta descabellada y hasta quizás insultante para usted, pero le ruego que me escuche.

–Señorita Denby, es la propuesta más extravagante, ofensiva y absurda que he oído en mi vida. Huelga decir que quedará entre nosotros, pero espero sinceramente que su madrastra no se llegue a enterar, porque estoy seguro de que la encerraría y la sometería a un régimen de pan y agua durante un mes.

Caroline se limitó a sonreír.

–Pobre lady Denby. Dudo que me encerrara y, si lo hiciera, me escaparía por la ventana a la menor oportunidad –declaró–. Concédame unos minutos de su tiempo, señor Ransleigh. A fin de cuentas, ya le he insultado y enojado bastante. No tiene nada que perder.

Max suspiró. Se sentía atrapado entre la curiosidad y la prudencia. Pero al final ganó la curiosidad.

–Muy bien, señorita Denby, explíquese. Pero sea breve.

–Como ya he dicho, mi dote es sustanciosa, y por mi edad, ya debería haberme casado. Pero mi padre me conocía bien y no me presionó nunca en tal sentido... Durante los diez últimos años, trabajamos juntos en los establos Denby y logramos que se hicieran famosos. Yo no tengo más ambición que continuar con mi trabajo.

Max asintió.

–Por desgracia, mi madrastra insiste en que me case. Y por culpa de mi dote, no tiene dificultad para encontrarme pretendientes. Ni siquiera les importa que no posea ninguno de los atributos que la mayoría de los caballeros buscan en una mujer.

–¿Tan terrible sería? –preguntó él–. Me refiero a lo de contraer matrimonio.

–Prefiero volver con mis caballos.

–¿Y no ha considerado nunca la posibilidad de casarse?

–Bueno, tengo un amigo especial. Pero está en la India, con el Ejército y tardará en volver –contestó.

–¿Y no cree que ese amigo especial se llevará un disgusto cuando sepa que han destrozado su reputación?

Ella hizo un gesto de desdén.

–A Harry no le importaría. Dice que la mayor parte de las convenciones sociales son una estupidez.

–Puede que no piense lo mismo en este caso. Está en juego el honor de la mujer con quien se quiere casar –observó él.

–Sí, tendré que explicarle la situación, por supuesto, pero Harry y yo somos amigos desde la infancia. Comprenderá que solo lo he hecho por... reservarme para él.

–Veamos si lo he entendido. Pretende que la descubran en una situación comprometida conmigo, ¿verdad?

–Sí.

–Y que luego yo me niegue a casarme con usted

y la deje en una situación tan difícil que aleje a sus pretendientes. Por lo menos, hasta que su amigo Harry vuelva de la India.

Ella asintió con firmeza.

—Exacto.

—Señorita Denby, le aseguro que, aunque el mundo me considere un granuja, sigo siendo un caballero, no me dedico a arruinar la reputación de personas inocentes. E incluso en el caso de que me decidiera a ayudarla, ¿quién me asegura que no cambiará de opinión más tarde y que no querrá casarse conmigo? No se lo tome a mal, señorita, pero no tengo la menor intención de contraer matrimonio.

—Ni yo, señor Ransleigh.

Él sacudió la cabeza.

—Si está tan empeñada en perder su reputación, ¿por qué no se dirige a mi primo Alastair? Su fama es más escandalosa que la mía.

—Lo sopesé, pero no me pareció adecuado. En primer lugar, esta es la casa de su madre y no querría dejarla en evidencia; en segundo, me han dicho que sufrió un desengaño amoroso y que desprecia a las mujeres y, en tercero, pensé que usted entendería particularmente bien mi problema.

—¿Yo? ¿Por qué?

—Porque sabe lo que se siente cuando se es víctima de decisiones ajenas que marcan el destino —respondió.

Max la miró con interés. Aunque su propuesta le parecía ciertamente estrafalaria, sintió una intensa simpatía por aquella mujer que había perdido a la única persona que podía garantizar su independencia, y que ahora se veía presionada para interpretar un papel que no quería interpretar.

—Sé que usted lo comprende, señor Ransleigh. Cuando una mujer se casa, se ve obligada a renunciar a todo lo que posee, incluido su propio cuerpo, que pasa a ser propiedad de su esposo. Además, sabe que muy pocos caballeros permitirían que su esposa se dedique a criar caballos... y no puedo permitir que un desconocido me robe la libertad y arruine o venda los establos. El legado de mi padre es demasiado importante. Harry es el único a quien se lo confiaría.

A pesar de sus argumentos, Max pensó que debía rechazarla categóricamente y alejarla de él antes de que alguien los descubriera. Pero la historia de Caroline Denby le intrigaba y le divertía a la vez.

—¿Está enamorada de ese hombre?

—¿De Harry? —ella apartó la mirada—. Es mi mejor amigo. Nos llevamos muy bien.

—¿Solo se llevan bien? ¿Nada de suspiros, sonetos y declaraciones apasionadas? Creía que todas las mujeres soñaban con esas cosas.

Caroline se encogió de hombros.

—No tengo nada en contra del amor, pero yo no soy como Eugenia, mi hermanastra, una joven delicada que lee novelones románticos e inspira a los hombres a escribir poesía. Harry se casará conmigo cuando vuelva. Solo necesito una solución temporal para salir del paso.

—¿Por qué no le pidió que se comprometiera formalmente con usted?

Ella suspiró.

—Si en aquella época hubiera pensado con claridad, le habría rogado que anunciara nuestro compromiso antes de su marcha, pero mi padre acababa de morir y yo... no podía pensar en otra cosa —le confesó—. Semanas después, mi madrastra me empezó a presionar. Cree posible que Harry no vuelva de la India, e insiste en presentarme en sociedad con la esperanza de que me case con algún caballero.

—La compadezco sinceramente, señorita Denby, pero debería pensar en su familia. ¿No comprende que, si me presto a su plan, el escándalo resultante será devastador para su madrastra y su hermanastra?

—Quizás lo sería si nos descubrieran abrazados en una fiesta de Londres y usted se negara a casarse conmigo, pero aquí no tendrá consecuencias; se olvidará rápidamente. Además, Eugenia es una Whitman, no una Denby; no corre el peligro de pagar por mis pecados.

Él arqueó una ceja.

—Yo no estaría tan seguro de que se olvide rápidamente, como dice; la alta sociedad es menos tolerante de lo que imagina. Pero en cualquier caso, me honra que me haya elegido a mí para su... inusual propuesta.

Ella se rio.

—Dudo que se sienta precisamente honrado. Y hablando de honor, ¿es verdad que luchó en Waterloo?

—Sí, en la infantería ligera —respondió, extrañado por la pregunta.

—Entonces, estuvo en Hougoumont..

—En efecto.

—Pues no debería preocuparse, señor Ransleigh. La infantería ligera luchó con tanto valor que se ha ganado muchos admiradores, y cuando el resto del Ejército vuelva a casa, tendrá apoyo de sobra... Entre tanto, ¿por qué no aprovecha su tiempo libre y su reputación de granuja para ayudar a una dama en apuros?

—Ayudar a una dama y arruinar su reputación son dos cosas bien diferentes –sentenció con ironía.

A pesar de sus palabras, Max sintió la tentación de aceptar su propuesta. Caroline Denby era la mujer más sorprendente con la que se había encontrado; tenía carácter e ingenio, dos virtudes que le agradaban. Pero no podía aceptar. Aunque estuviera convencida de lo contrario, su plan causaría tanto alboroto que él se vería obligado a casarse con ella por una simple y pura cuestión de honor.

Ya se disponía a darle una negativa cuando bajó la vista y descubrió lo que su espantoso vestido ocultaba. La señorita Denby podía ser una mujer poco común, pero los generosos y redondeados pechos que asomaban por su escote eran definitiva y muy sensualmente femeninos.

Sin poder evitarlo, sus sentidos se pusieron en alerta. Notó el aroma a jazmín y a azahar del invernadero, que hasta entonces le había pasado desapercibido, y se imaginó acariciando aquellos pechos y jugando con sus pezones hasta arrancarle gemidos de placer. Tuvo que sacudir la cabeza para recuperar su sangre fría.

—Señorita Denby, ¿es consciente de lo que deberíamos hacer para que su reputación quedara irremediablemente dañada?

Caroline se ruborizó, confirmando las sospechas de Max. Ya había imaginado que, a pesar de su atrevimiento, era la inocencia personificada.

—Sí, soy consciente. Tendrían que encontrarnos a solas en una situación comprometida. Sin embargo, usted es un hombre de mundo y supongo que sabrá encargarse de ese problema... solo le ruego que no me deje embarazada.

Max sonrió, sorprendido.

—Dios mío... ¿es que no tiene sentido del pudor, señorita?

—En absoluto —respondió, encantada—. Mi madre murió cuando me dio a luz, y mi padre me crió como si fuera el hijo que nunca tuvo. Estoy más acostumbrada a los pantalones y las botas de montar que a los vestidos de noche... especialmente cuando son tan espantosos como el que llevo hoy.

Max no lo pudo evitar. Sus ojos regresaron al firme y redondeado busto de la voluptuosa Caroline. Y aunque su sentido común lo urgía a marcharse antes de que los vieran y de que la trampa se cerrara sobre él, un pensamiento insidioso empezó a tomar el control de su mente y a repetirle que el peligro merecía la pena.

—Bueno, hay partes del vestido que no están mal....

Él no tenía intención de decirlo en voz alta, pero lo dijo. Ella clavó la mirada en su escote, suspiró y se lo tapó con la mano.

–Oh, vaya... debería ponerle un encaje, ¿verdad? ¡Como si no tuviera encajes suficientes!

El sombrío valle de su *decolletage*, súbitamente oculto bajo los dedos de Caroline, resultó aún más excitante para Maximilian, que sintió una punzada en el corazón. Desde su punto de vista, cualquier cosa que contribuyera a reducir aquel escote sería un atentado contra la belleza y las buenas costumbres.

–Hay algo que me sorprende, señorita. Su forma de hablar es demasiado franca, no encaja con la clase de mujeres que suelen llevar vestidos tan... recargados. ¿Es que lady Denby os ha obligado a llevarlo?

Caroline volvió a reír.

–No, ni mucho menos, mi madrastra es una mujer de buen gusto y, naturalmente, piensa que el vestido es horrible. Pero causé tanto alboroto cuando me obligó a ir de compras que me dejó elegir lo que yo quisiera.

–¿Insinúa que se viste mal a propósito, para resultar menos atractiva? –preguntó con incredulidad.

Ella le dedicó una mirada irónica.

–Por supuesto. Ya le he dicho que intento evitar el matrimonio... Y si el vestido le parece feo, espere a ver las gafas. Son el toque definitivo.

Caroline sacó unas gafas, se las puso y lo miró.

Los cristales magnificaron tanto sus grandes ojos oscuros que Max dio un paso atrás, involuntariamente.

–Parezco un insecto bajo una lupa, ¿no cree? –declaró, divertida–. Sin embargo, mi madrastra sabe que no uso gafas y las tengo que esconder cuando está cerca... Lástima, porque son verdaderamente eficaces cuando se trata de espantar a pretendientes. Pero tendré que recordar lo del escote. Al fin y al cabo, las gafas no servirán de mucho si los caballeros se dedican a admirar mis pechos.

Max pensó que tenía sentido, pero le pareció tan absurdo que rompió a reír.

–¿No cree que se excede un poco?

–En absoluto. Mi dote es muy generosa y mi familia está muy bien situada –contestó–. Seguro que usted también usa artimañas para protegerse de las madres que ejercen de alcahuetas y de sus intrigantes hijas.

–Sí, es cierto.

–Entonces, me comprende.

–Desde luego, señorita. Pero eso no significa que me agrade la idea de arruinar su reputación –insistió.

–Piénselo bien, por favor. Significaría mucho para mí, y le estaría eternamente agradecida.

La súplica de Caroline avivó el instinto caballeroso de Max, el mismo instinto por el que se había metido en el lío de Viena. Al parecer, la amarga experiencia no lo había curado del error de ser galante con damas a quienes apenas conocía.

La joven le caía bien; le gustaba su sinceridad, su carácter taimado y candoroso al tiempo y la audacia de su propuesta. Pero no se iba a dejar enredar por el simple hecho de que simpatizara con ella.

—Lo siento, señorita Denby. No es posible.

Caroline siguió mirando a Max con la misma expresión de mujer esperanzada, como si no hubiera oído o hubiera querido oír su negativa. Como se había quitado las gafas, él se pudo deleitar con el color chocolate de sus ojos, intercalado por vetas doradas. Los rizos oscuros que escapaban de su pamela parecían rojizos bajo el sol de poniente, y la piel blanca de su nariz y sus mejillas estaba llena de pecas.

La eficacia de su espantoso vestido estaba fuera de dudas. Con su exceso de encajes y volantes, lograba esconder la belleza de una joven mayor e incomparablemente más atractiva de lo que Max había pensado al principio.

—¿Está seguro? —preguntó ella.

—Lamento no poder ayudarla, pero lo estoy.

Caroline hundió los hombros y suspiró como si hubiera perdido toda su energía de repente. Él se sintió tan ridículamente culpable que estuvo a punto de cambiar de opinión, pero ella se puso recta como un soldado y asintió con brío.

—Muy bien. En tal caso, no le molesto más. Gracias por su tiempo, señor Ransleigh.

—Ha sido un placer, señorita Denby —declaró con absoluta sinceridad—. Pero, ¿qué va a hacer ahora?

—No lo sé... supongo que pensaré otra cosa.

Caroline se despidió con una reverencia y salió del invernadero.

Mientras ella se alejaba, Max se volvió a sentir culpable. No se arrepentía de haber rechazado su propuesta, pero le habría gustado ayudarla.

Era una mujer verdaderamente especial. Se notaba que su padre la había criado como si fuera un hombre, porque hablaba con franqueza, miraba a los ojos y caminaba con energía. Incluso reaccionaba ante las negativas como un hombre. Había aceptado su decisión sin rechistar y se había ido sin emplear ninguno de los trucos habituales en las damas, sin lágrimas, mohines o berrinches.

Además, le había sorprendido. Él, que se preciaba de conocer a la gente, había tardado más de lo normal en darse cuenta de que estaba ante una mujer preciosa. Pero Caroline Denby no parecía ser consciente de que sus armas más poderosas no eran las palabras, sino su exquisita boca y sus generosos pechos, particularmente, si quería convencer a un hombre para que arruinara su reputación.

Max pensó que había elegido una forma inadecuada de afrontar el problema; había fracasado porque había apelado a su inteligencia en lugar de apelar a sus emociones. Se conocía lo suficiente como para saber que su respuesta podía haber sido distinta si se hubiera sentado a su lado, le hubiera rozado y hubiera suspirado en muda invitación.

Pero él no se dedicaba a pervertir inocentes, ni siquiera a inocentes que ardían en deseos de que las pervirtieran. Y, mucho menos, cuando existía la posibilidad de que, al final, se viera obligado a casarse.

Al recordar la escandalosa propuesta, sonrió y le deseó suerte en silencio. Con su audacia, Caroline Denby había conseguido que olvidara sus propios problemas. Algo a lo que no estaba muy acostumbrado.

Momentos después, su sonrisa desapareció. ¿Qué había dicho antes de partir? ¿Que pensaría en otra cosa? ¿O que se ofrecería a otro hombre?

La sangre se le heló en las venas. Si Caroline pedía ayuda a otro caballero, reaccionaría del mismo modo que él, pero si pedía ayuda a un canalla, se aprovecharía de ella y le robaría su inocencia.

Intentó convencerse de que la situación de la señorita Denby no era asunto suyo y de que debía expulsarla de sus pensamientos, por muy apetecible que le resultara su escote. Además, estaba convencido de que Jane y su tía Grace no habrían invitado a ningún hombre capaz de abusar de una inocente. Pero, a pesar de la lección de Viena, descubrió que no podía cruzarse de brazos ante una dama en apuros.

Y tomó una decisión.

Mientras estuviera en Barton Abbey, leyendo, pensando en su vida y cazando y pescando con Alastair, echaría un ojo a Caroline Denby. Aunque fuera a distancia y, por supuesto, sin aceptar su propuesta.

Capítulo 4

Caroline se levantó con las primeras luces del alba. Aún le estaba dando vueltas a su fracasada entrevista con Maximilian Ransleigh cuando se puso los pantalones y las botas de montar que había escondido y se dirigió rápida y silenciosamente a los establos, donde ensilló a Sultán. Solo se encontró con un mozo de cuadra, que dormía junto al cuarto de los arreos y se desveló un poco al oírla.

Tras la cena de la noche anterior, los invitados se habían dedicado a jugar a las cartas, así que Caroline estaba razonablemente segura de que aquella mañana se levantarían tarde. Si todo iba bien, tendría una hora más para montar antes de que la prudencia le aconsejara volver a la casa y ponerse una ropa más adecuada para una señorita.

Sacó a Sultán de los establos, montó y se alejó al galope, deseando sentir los efectos de una escapada que necesitaba con urgencia.

Durante los momentos siguientes, se dedicó a disfrutar del placer de inclinarse sobre el cuello del magnífico animal y de sentir su esfuerzo mientras sus cascos parecían volar sobre la tierra. Al cabo de un rato, lo puso al trote y su mente, que ya no estaba distraída por el goce de la monta, regresó inexorablemente al dilema que tenía.

Por insensato que fuera, había ligado todas sus esperanzas al ardid de que alguien arruinara su reputación, pero Maximilian Ransleigh se había negado a aceptar su oferta. Y, en cierto modo, se sentía aliviada.

La señorita Claringdon se había quedado corta al definirlo como un hombre encantador. Además de ser ingenioso y amable, le había gustado tanto que, cada vez que la miraba a los ojos, se ponía nerviosa como un potro ante su primera silla de montar. Cuando le preguntó si era consciente de lo que tendrían que hacer para arruinar su reputación, su mente se llenó de escenas tórridas y su cuerpo sintió un calor que no había experimentado antes.

Definitivamente, Maximilian no le inspiraba los sentimientos tranquilos, de amistad y camaradería, que le inspiraba Harry.

Fuera como fuera, su negativa la obligaba a buscar un candidato entre los invitados a la fiesta, porque ya había desestimado la opción de Alastair. Si se lo pedía en Barton Abbey, la rechazaría por no comprometer la posición de su madre, y si esperaba hasta la primavera siguiente y se lo pedía en Londres, se organizaría un escándalo que afectaría muy negativamente a lady Denby y a Eugenia.

Estaba en un callejón sin salida. Si no encontraba a la persona adecuada, su futuro sería una desagradable repetición de cenas, conciertos, partidas de cartas y paseos entre caballeros ávidos de echar mano a su fortuna. Además, ni siquiera tenía la opción de escribir a Harry y pedirle que se comprometiera con ella a distancia. Conociendo a lady Denby, lo rechazaría por considerarlo poco fiable.

Cuando llegó al final del cercado, estaba tan lejos de encontrar una solución para su problema como al principio, pero se estaba haciendo tarde, de modo que dio media vuelta y se dirigió a los establos.

Mientras Sultán trotaba, siempre obediente a sus órdenes, Caroline lamentó que la vida no se dejara domar con tanta facilidad como un buen caballo.

Max se frotó los ojos, medio dormido y siguió a Alastair a los establos. Su primo lo había sacado de la cama a primera hora porque su capataz le había dicho que el río estaba lleno de truchas y quería pescar unas cuantas.

Ya habían tomado el camino del río cuando Alastair detuvo su montura.

—¡Diantre!

—¿Qué ocurre?

Alastair señaló el cercado.

—Mira qué caballo... es el mejor que he visto en mucho tiempo. ¿De quién será?

Max entrecerró los ojos. En la distancia, una figura estaba montando un caballo zaíno tan bien formado y de movimientos tan perfectos que habría llamado la atención a cualquiera.

–No tengo ni idea. Pero es un animal magnífico.

–Tampoco reconozco al mozo de cuadra... supongo que el caballo será de alguno de los invitados de mi madre, que se ha traído a un criado para que lo saque a pasear –Alastair se rio–. Detesto que esos tipos se den la gran vida a mi costa, pero si traen monturas tan excelentes, mi generosidad está justificada.

–La generosidad de tu madre, más bien –puntualizó Max.

–De todas formas, tampoco es para tanto. Aunque me gustaría que sus invitados fueran menos aburridos y que se hubieran presentado en un momento menos inconveniente.

Max pensó en Caroline Denby y se dijo que no todos los invitados de Grace eran tediosos. Se acordó de el vestido que se había puesto para espantar a los hombres y de las ridículas gafas que aumentaban exageradamente el tamaño de sus ojos, pero sobre todo, se acordó de sus generosos senos.

Justo entonces, el supuesto mozo de cuadra cambió de dirección y llevó al caballo hacia los establos.

–Me gustaría verlo de cerca –dijo Alastair–. Si vamos a campo traviesa, alcanzaremos al mozo antes de que llegue a su destino.

Max asintió y los dos primos cambiaron de rumbo. Tal como Alastair había predicho, lo alcanzaron a poca distancia de los establos, justo cuando el jinete desconocido dejaba atrás una pequeña arboleda.

Asustado por su repentina aparición, el caballo zaíno se encabritó, pero la persona que lo montaba lo tranquilizó con una facilidad sorprendente.

–Discúlpenos por haber asustado a su montura –dijo Alastair–. Es tan impresionante que nos hemos acercado a verlo.

Max estaba a punto de añadir sus propios halagos cuando miró al jinete y se quedó atónito. No era un mozo de cuadra.

–¿Señorita Denby?

Caroline suspiró y se ruborizó.

–Oh, no... mi madrastra se pondrá furiosa como se entere de esto –dijo ella–. Buenos días, señor Ransleigh.

Max, que todavía estaba perplejo, le devolvió el saludo y añadió:

–Permítame que le presente a nuestro anfitrión, mi primo Alastair...

–Preferiría dejar las presentaciones para otro momento. Si no me voy enseguida, nos podrían ver... –declaró, nerviosa–. ¿Podrían hacerme un favor? ¿Serían tan amables de mantener este suceso en secreto?

–No se preocupe, señorita Denby –respondió Max–. No diremos nada.

Caroline sonrió y se giró hacia Alastair.

–En tal caso, encantada de conocerlo...

–Seguro que no tanto como yo de conocerla a usted –replicó Alastair, admirando su figura.

Max tuvo que refrenarse para no pegarle un puñetazo. Hasta ese instante, estaba convencido de que nada acentuaba tanto la silueta de una dama como un camisón de seda, preferiblemente fino y de escote pronunciado, pero, aunque habría dado cualquier cosa por ver a Caroline Denby de tal guisa, debía admitir que con ropa de hombre estaba deliciosa.

Los pantalones se ajustaban a sus largas piernas y enfatizaban la curva de su *derriere* sobre la silla de montar, mientras que las botas resaltaban sus hermosas pantorrillas. Bajo la chaqueta de *tweed*, que llevaba desabrochada, el cuello abierto de la camisa revelaba una piel tan deseable que la boca se le hizo agua. Y de su gorra se habían salido unos mechones que se rizaban sobre su rostro como si se acabara de levantar tras de una noche de amor.

Por el destello de los ojos de Alastair, Max supo que su primo estaba pensando lo mismo.

–En fin, será mejor que vuelva de inmediato a mi habitación y me cambie de ropa. Buenos días, caballeros.

–Espere, señorita Denby... –dijo Alastair–. Acabamos de salir de casa y nos consta que nadie se ha despertado todavía. Quédese un momento con nosotros, por favor. Su caballo me interesa mucho. Lo estaba entrenando, ¿verdad?

Los ojos de Caroline brillaron.

–Sí. Sultán es el animal más prometedor que tenemos; mi padre lo crió personalmente. Es obediente, resistente, elegante y rápido. Sería magnífico para la caballería, pero he decidido que no me puedo separar de él.

–¿Su padre? ¿Se refiere a sir Martin Denby? –preguntó.

—En efecto.

—Entonces, no me extraña que su montura sea tan magnífica —dijo—. Max, ¿recuerdas que Mannington le compró dos caballos que llevó a la guerra de España? Eran animales verdaderamente excelentes.

—¿Lord Mannington? Ah, sí, ya me acuerdo... —declaró Caroline—. Se llevó a Parsifal y Aladino. Eran hijos de la misma madre que Sultán, aunque con más sangre árabe. Me alegra que tuvieran un buen rendimiento.

—Mannington decía que su velocidad y su fuerza le habían salvado el pellejo en más de una ocasión —recordó Alastair—. Pero debo reconocer que me sorprende, señorita; parece saber mucho sobre la cría de caballos.

—Porque ayudé a mi padre desde que tuve edad suficiente para montar —replicó con orgullo—. Además de entrenar a los potros, me encargaba de la contabilidad y de las ventas... me temo que a él no le interesaban los números.

—Supongo que lo extrañará mucho...

Ella asintió.

—¿Y quién dirige ahora los establos?

—Yo —respondió, alzando la barbilla—. Mi padre me formó en todos los aspectos del negocio, desde la reproducción de las yeguas hasta el destetado de los potros. Las cuadras Denby son mi vida... Pero ya los he molestado demasiado. Veo que llevan cañas de pescar, y estarán deseosos de llegar al río. ¿Puedo contar con su discreción?

—Por supuesto —afirmó Alastair.

Caroline se despidió y se alejó hacia los establos. Cuando ya había desaparecido, Alastair miró a Max y sonrió de oreja a oreja.

–Vaya, vaya, vaya. Jamás te había visto tan callado delante de una mujer –observó–. Y yo que pensaba que te habías alejado de las faldas... quién iba a imaginar que estabas practicando tus artes de seductor con esa criatura tan exquisita.

Max intentó refrenar su enfado.

–Te recuerdo que esa criatura tan exquisita, como dices, es invitada de tu madre y una doncella inocente.

–¿Inocente? –Alastair sacudió la cabeza–. ¡Pero si sale a montar con pantalones! Me ha dejado tan sorprendido que, al principio, no me había dado cuenta de que me encontraba delante de una mujer... Y es una amazona excelente, por cierto. No me importaría tenerla en mi silla, con sus preciosas piernas alrededor de mi cintura.

Max perdió la paciencia y le golpeó con su caña de pescar.

–¡Basta ya! ¡Estás insultando a una dama!

–Ah, la quieres para ti... –dijo Alastair–. Bueno, no me extraña que te guste. Pero me temo que no somos los únicos que la hemos visto.

–¿Ah, no?

Alastair movió la cabeza hacia un lado.

–No. Ese tipo se la estaba comiendo con los ojos.

Max se giró y miró al hombre en cuestión, pero la distancia que los separaba le impidió reconocerlo.

–¿Quién es?

—¿Cómo quieres que lo sepa? Supongo que alguno de los individuos que han venido a la fiesta para elegir esposa. No son más que un montón de inútiles sin carácter –declaró con disgusto–. Pero, ¿estás seguro de que esa chica es inocente?

—Por completo.

—¿Y cómo sabes tanto de ella?

Como estaba obligado a dar una explicación y no quería entrar en detalles ni mencionar la escandalosa propuesta de Caroline, Max le dio una versión abreviada de su encuentro en el invernadero.

—Pues es tremendamente seductora... ¡Menuda amante sería! –exclamó Alastair cuando su primo terminó de hablar–. Aunque tendrá problemas para librarse de sus pretendientes; si se corre la voz de que monta a caballo con pantalones, se volverán locos por tu dama. Incluso descontando el hecho de que cualquiera de ellos haría lo que fuera por quedarse con los establos de su difunto padre.

—Eso es lo que teme. Y no se quiere arriesgar a perderlos.

Alastair asintió.

—Supongo que es comprensible. Nadie querría que unos caballos tan magníficos cayeran en manos de un idiota.

—Imagínatelo... Trabajar durante años para que el fruto de tu esfuerzo acabe bajo control de otra persona. De alguien que quizás lo arruine todo. Y sin que puedas hacer nada por evitarlo –declaró con vehemencia Max.

Alastair lo miró con intensidad, como si tuviera

la impresión de que ya no estaba hablando de la señorita Denby, sino de sí mismo.

–Bueno, le deseo suerte. Es una mujer tan interesante como atractiva. Pero si quieres que pesquemos nuestro desayuno, será mejor que nos vayamos.

Alastair espoleó a su montura. Max permaneció inmóvil durante unos segundos, observando al hombre que había sido testigo de la escena.

Tendría que averiguar su identidad. Y vigilar estrechamente a la señorita Denby.

Capítulo 5

Tras un rato más que satisfactorio en el río, llevaron las dos truchas que habían pescado a la cocina, para que el cocinero las convirtiera en su desayuno. Mientras Alastair subía a cambiarse de ropa, Max se dirigió al dormitorio de su tía Grace.

Al llegar a la puerta, dudó. Sabía que se estaba arriesgando, pero Grace era la candidata más adecuada para sonsacarle información sobre la señorita Caroline Denby, la mujer que había ocupado sus pensamientos desde primera hora de la mañana. Le preocupaba su situación; especialmente, por el desconocido que la había visto con ellos.

Por fin, llamó a la puerta y entró.

–¡Max! ¡Qué agradable sorpresa! –Grace Ransleigh miró a su sobrino con una mezcla de curiosidad y sincera alegría–. ¿Quieres tomar un café? ¿O quizás, una taza de chocolate?

–Gracias, pero no me quedaré el tiempo suficiente para tomar café. Además, acabo de volver del río y podría mancharte el sofá con restos de pescado –bromeó.

–¿En otro momento, entonces? Confieso que me siento culpable por haber sido tan mala anfitriona contigo.

–No te preocupes por eso, tía. Ya sabes que Alastair y yo nos entretenemos con cualquier cosa...

Grace se ruborizó.

–Te estoy muy agradecida por tu discreción, Max. Siento haberos pedido que os mantengáis lejos de los invitados, pero estaba entre la espada y la pared –declaró–. ¿Qué planes tienes? ¿Es cierto que no te van a conceder otro cargo diplomático?

–Me temo que sí. Podría intentar algo por mi cuenta, pero mi padre está enfadado y tiene tanto poder que seguramente me vetaría.

–¡Típico de James! –exclamó–. Tu padre puede llegar a ser tan obstinado y poco razonable que, a veces, me gustaría darle una buena lección.

Max agradecía la solidaridad de su tía Grace, pero cambió de conversación porque no ardía precisamente en deseos de ahondar en ese tema.

–Bueno, no he venido a verte para que hablemos de mí. ¿Qué tal va la fiesta? ¿Jane ha encontrado esposo a alguna de las invitadas? ¿Y Lissa? ¿Ha conocido al hombre de su vida? –preguntó.

–Felicity se está divirtiendo mucho, pero es demasiado joven para casarse –respondió su tía–. Y en cuanto a las invitadas, quién sabe, ya lo veremos.

–Ah, eso me recuerda una cosa... hace unos días, tuve el placer de conocer a una de esas damas.

Grace miró a su sobrino con horror.

—Descuida, no pasó nada escandaloso —se apresuró a explicar—. Nos encontramos por casualidad en el invernadero. Por lo visto, estaba huyendo de algún pretendiente... Me pareció una joven interesante. Poco habitual.

Su tía se rio.

—Por tu descripción, debe de ser la señorita Caroline Denby. Pobre Diana... su madrastra, lady Denby, es una vieja amiga mía, y me consta que está desesperada por ella. No sé si te diste cuenta, pero empieza a ser demasiado mayor para casarse.

Max se guardó su opinión al respecto. Caroline Denby le parecía cualquier cosa menos demasiado mayor.

—No, no lo noté.

—Tendría que haberse casado hace tiempo, pero su padre era viudo y no tenía más hijos, de modo que la retuvo con él... Supongo que es natural. Yo misma me entristezco cuando pienso que mi hija me dejará cualquier día —afirmó—. Por suerte, la señorita Caroline tiene tanto dinero que Diana no ha renunciado aún a encontrarle esposo. Aunque, a sus veinticinco años, se le va a pasar el arroz.

—Qué espanto. Veinticinco años... —ironizó—. Es casi una vieja.

—No es normal que una dama de buena familia y con fortuna permanezca soltera hasta esas edades —le recordó su tía con tono de recriminación—. De hecho, debería estar ansiosa por encontrar marido, pero se comporta como si no lo deseara. La pobre chica se muestra extraordinariamente tímida con los hombres y solo sabe hablar de caballos. Y para empeorarlo todo, su gusto con los vestidos es atroz.

–Sí, eso es verdad... Entonces, ¿no hay nadie que la quiera por esposa?

–Yo tenía esperanzas con lord Stantson, un hombre maduro y tranquilo que además es un buen jinete.

Max arqueó una ceja.

–¿Maduro?

–Por supuesto. Algunas jóvenes prefieren casarse con hombres mayores en lugar de arriesgarse con jovenzuelos y exponerse a que sean tan granujas como dos que yo me sé... Pero Stantson no es el único que persigue sus favores. El señor Henshaw también está interesado por ella, aunque debo admitir que no me agrada mucho.

Al oír el nombre, Max se acordó de inmediato. El desconocido que los había visto esa mañana era Henshaw.

–Lady Denby está decidida a casar a Caroline antes de que su hija, Eugenia, se presente en sociedad –continuó Grace–. De lo contrario, Caroline tendría que acompañarla a Londres y reduciría drásticamente sus posibilidades de casarse.

–¿Por qué lo dices?

–Porque Caroline no es ni tan joven ni tan bella ni tan ingeniosa como Eugenia Whitman, la hija de lady Denby. Su presencia bastaría para alejar a los pretendientes de Caroline.

Max pensó que su tía se equivocaba por completo. Pero Caroline Denby se había tomado tantas molestias por parecer fea y poco inteligente que hasta Grace se lo había creído.

–Si es tan poco idónea y ni siquiera se quiere casar, ¿por qué se empeña tanto su madrastra? Sería mejor que la dejara en Denby, con sus caballos.

–Porque tendrá que casarse en algún momento, ¿no? ¿Qué otra cosa puede hacer? Y, como ya te he dicho, es rica.

Al mencionar su riqueza, Max frunció el ceño. Había estado mucho tiempo en el Ejército y llevaba varios años sin frecuentar los clubs de Londres, pero recordó que Henshaw siempre andaba a la caza de herederas.

–¿Henshaw es un cazadotes? –preguntó, sin más.

Grace se ruborizó otra vez.

–Yo no lo describiría en términos tan poco elegantes. El señor Henshaw es un hombre respetable y de buena familia. No es extraño que quiera casarse con una mujer rica.

Max no insistió al respecto. Por mucho que su tía lo adornara con eufemismos, acababa de admitir que, efectivamente, era un cazadotes.

–¿Y no hay nadie más que se interese por la reacia señorita Denby?

Grace lo miró con intensidad.

–¿Es que la joven te gusta?

–¿Tengo aspecto de que una joven como esa me pueda gustar?

Su tía sacudió la cabeza.

–No.

–Solo te he preguntado por ella porque me pareció agradablemente original.

Grace sonrió.

–Sí, de eso no hay duda... ¡Pobre lady Denby! La de disgustos que se llevará, intentando casar a esa chica.

Max decidió que había llegado el momento de marcharse. Ya tenía la información que quería, y si se quedaba allí, corría el riesgo de que Grace le echara sus redes de casamentera.

–Me voy, tía. El cocinero nos está preparando el desayuno.

–Que disfrutes de tu pescado. Espero que te quedes unos días cuando mis invitados se vayan. Lissa y Jane tienen muchas ganas de hablar contigo.

–Será un placer.

Max le besó la mano y salió de la habitación.

Mientras caminaba hacia el estudio que Alastair y él habían convertido en su salita privada, recapituló lo que su tía Grace le había contado.

Stantson y Henshaw eran los únicos que andaban detrás de Caroline Denby, y si Grace los consideraba fiables, no había motivos para preocuparse. Desde luego, podía hablar con Alastair e interrogarlo sobre los dos caballeros, pero si su primo compartía la opinión de Grace, él ya no tendría excusas para implicarse en la vida de la joven.

Sin embargo, a pesar de haber sido sincero al insinuar que Caroline no pertenecía a la clase de mujeres que le gustaban, lamentó la perspectiva de no volver a verla. De todas las invitadas de su tía, era la única que no resultaba sofocantemente convencional.

Varios días después, mientras Alastair trabajaba en el despacho de la mansión, Max se dirigió al invernadero para pasar la tarde en compañía de un buen libro.

El cielo estaba cubierto y la lluvia de la mañana había dejado una neblina que se extendía por los campos y oscurecía las formas de los árboles y los arbustos, pero en el interior de la estructura de cristal se respiraba un ambiente cálido muy relajante, con exóticos aromas de cítricos y jazmín.

La noche anterior, Max supo por Alastair que el coronel de su antiguo regimiento acababa de volver de París. Su primo le recomendó que hablara con él y Max decidió seguir su consejo. Era la mejor noticia que había recibido en meses, incluso empezaba a pensar que, con la paciencia y la insistencia suficientes, todo era posible.

Ya había empezado a leer el libro cuando notó un aroma a lavanda que no procedía de las plantas del invernadero. Y, a continuación, oyó un sonido de sorpresa.

–Oh...

Alzó la mirada y vio que la señorita Caroline Denby se había detenido en el camino, a pocos metros de él

–Discúlpeme, señor Ransleigh. No le quería molestar.

–¿Insinúa que no ha venido a verme? –preguntó con sorna.

–No, en absoluto. Jamás me atrevería a invadir su intimidad, señor. Su prima Felicity, que se ha hecho muy amiga de mi hermanastra, le dijo que Alastair y usted estarían fuera todo el día –explicó.

–Entonces, es cierto que no está aquí por mí... Menudo golpe para mi estima.

Ella frunció el ceño con preocupación, pero se dio cuenta de que Max estaba bromeando y sonrió en seguida.

–Estoy segura de que sabrá encajar el golpe –declaró con humor–. Pero será mejor que le deje con su libro.

–No, por favor. Ya que me ha interrumpido, quédese un rato.

Caroline arqueó una ceja.

–¿Para compartir más secretos?

Él le dedicó una sonrisa.

–Naturalmente –dijo–. Venga, siéntese.

Max señaló el banco donde estaba y contuvo la respiración, deseando que Caroline Denby aceptara su ofrecimiento. Su pulso se había acelerado y todos sus sentidos habían cobrado vida de repente.

Por fin, ella se sentó. Max aspiró su aroma a lavanda y pensó que sería jabón, porque no la tenía por una de esas mujeres que se impregnaban de colonia. Para protegerse de la fría niebla, se había puesto una capa que le cubría todo el cuerpo, ocultando el vestido espantoso que indudablemente habría elegido esa mañana.

Cuando se giró hacia él, admiró su cabello castaño, su piel tersa y sus ojos marrones, de vetas doradas. No llevaba carmín en los labios, y se preguntó si su boca sabría a vino, a manzana o a menta.

–¿Qué tal va su campaña, señorita Denby?

Ella sonrió con desagrado y él ardió en deseos de besar los hoyuelos que se le habían formado en las mejillas.

–No muy bien, por desgracia. La mayoría de los invitados de su tía Grace me evitan o buscan los favores de otras damas, pero hay dos caballeros que parecen decididos a casarse conmigo. Y por si eso fuera poco, tengo que soportar la presencia de lady Melross... sospecho que lady Claringdon la ha convencido para que nos vigile y la mantenga informada sobre cualquier desliz amoroso.

–Lady Melross es una mujer terrible –afirmó él–. Una chismosa a quien le encanta divulgar malas noticias.

Max lo dijo por experiencia propia. Cuando cayó en desgracia, lady Melross se dio tanta prisa en extender el rumor, que llegó a Londres y a los oídos de su padre incluso antes de que él regresara de Viena. Estaba tan disgustado con ella que tenía intención de borrar su nombre de las listas de invitados si alguna vez recuperaba su posición en el Gobierno.

–Ojalá me pudiera casar con mi caballo... Es el macho más interesante de este lugar, con excepción de usted, por supuesto. Aunque me temo que a Sultán le han privado de sus atributos masculinos.

Caroline rompió a reír y Max sacudió la cabeza.

—Para ser una dama, dice cosas verdaderamente increíbles.

Ella se encogió de hombros.

—Porque no soy una dama. Nada me gustaría más que convencer a esos caballeros de que no estoy hecha para el papel de esposa.

Max, que era muy consciente del calor de su cuerpo, pensó que se equivocaba de cabo a rabo. Desde su punto de vista, habría sido una esposa admirable. Pero cambió de conversación porque sus pensamientos se empezaban a llenar de tórridas imágenes.

—¿Aún sale a montar cada mañana?

—Sí.

—¿Con pantalones?

—No, ya no llevo pantalones. Su primo y usted me convencieron de la necesidad de ser más cauta —respondió—. Además, lord Stantson está empeñado en acompañarme. Hasta ahora ha aceptado mis firmes negativas con gran elegancia, pero me han dicho que se quiere casar otra vez y, por supuesto, hago lo posible por desanimarlo.

Caroline arrugó la nariz y continuó.

—Lamentablemente, el señor Henshaw es inmune al desaliento. Insiste en presentarse en los establos, a pesar de mi insistencia en que prefiero montar sola. ¿Cómo voy a entrenar a Sultán si me interrumpe cada día?

Él frunció el ceño.

—Y no se limita a interrumpirme. Por feos que sean mis vestidos, me mira todo el tiempo como si yo fuera su dulce favorito y me quisiera comer.

Max odió a Henshaw con todas sus fuerzas. Hasta cierto punto, le parecía normal que un hombre se la comiera con los ojos, pero se los habría puesto morados a puñetazos por incomodar a Caroline.

—Ese hombre me molesta tanto que me estoy despertando antes para que no me encuentre —siguió diciendo ella—. Además, es un jinete espantoso y tiene la peor silla de montar que he visto en mi vida.

—Nunca lo he visto a caballo, la verdad. Aunque me he fijado en su forma de vestir... debe hacer ricos a sus sastres.

Ella se rio.

—Sí, es extraordinariamente coqueto. A decir verdad, me extraña que un caballero tan obsesionado con su apariencia me quiera por esposa. Cualquiera pensaría que habría salido corriendo al ver mis espantosos vestidos.

Caroline lo miró a los ojos, invitándolo a compartir sus bromas a cuenta del señor Henshaw. Pero el gesto, en principio inocente, se transformó en algo más profundo cuando notó la expresión de embeleso de Max. Entonces, dejó de sonreír y su mirada se volvió intensa. Ahora estaba tan fascinada como él. Hasta el extremo de que abrió ligeramente la boca y se pasó la lengua por los labios.

Max apretó los puños para refrenar el deseo de besarla.

—Bueno... —dijo ella, nerviosa—, debo irme. Alguien nos podría ver.

—Es cierto.

—A no ser que quiera reconsiderar mi oferta, claro.

Caroline se apartó un mechón de la cara. Con el movimiento, su capa se abrió y mostró el vestido de color verde guisante que había elegido ese día; era tan horrible como todos los demás. Pero también mostró la rápida ascensión y caída de sus senos, que seguían el ritmo de su respiración acelerada.

El deseo de besarla, de probar su boca y acariciar su cuello, pasó a ser una necesidad imperiosa que amenazaba con escapar a su control. Tenía la sensación de que la sangre le hervía en las venas.

Pero se contuvo.

–Es una oferta muy tentadora, señorita Denby.

–Entonces, ¿se lo ha pensado mejor?

Él sacudió la cabeza.

–No.

A pesar de su negativa, Max fue incapaz de levantarse del banco, despedirse y poner fin al encuentro, como la prudencia más elemental habría exigido.

Ella también permaneció inmóvil, mirándolo. La atracción que sentían era tan real, tan física, que casi se podía tocar. La vergüenza que Caroline había mostrado al insistir en su propuesta se había convertido en incertidumbre primero y en deseo después. Max estaba seguro de ello, pero salió completamente de dudas cuando se inclinó sobre él y alzó un poco la barbilla, ofreciéndole su boca.

En alguna parte de la mente de Max, su sentido del honor y su sentido común le dijeron que debía marcharse y poner fin a aquella locura, antes de que empezara, pero no pudo. Aunque se resistió al impulso de dar el primer paso, esperó con un profundo sentimiento de anticipación, convencido de que ella se acercaría y lo besaría.

Caroline parpadeó y cerró los ojos.

Él también los cerró. Y cuando ya pensaba que iba a sentir el contacto de sus labios, ella se levantó.

–Será mejor que me vaya.

Max sacudió la cabeza, intentando resistirse a sus deseos, haciendo verdaderos esfuerzos por controlarse.

–Es lo más sensato –dijo al fin–. Aunque no lo más tentador.

–Sí, es lo más sensato –repitió ella–. Gracias por la... conversación. Buenos días, señor Ransleigh.

Él se levantó y le dedicó una leve reverencia.

–Buenos días, señorita Denby.

Max la dejó ir a regañadientes, pero antes de que Caroline llegara a la salida del invernadero, se giró y dijo:

–A mí también me ha tentado, ¿sabe?

Él se sintió tan satisfecho y halagado por su comentario que estuvo a punto de seguirla. Por suerte, recuperó la cordura a tiempo y se quedó donde estaba, viéndola desaparecer entre la niebla. Ya había cometido demasiados errores en su vida. Si se acercaba a ella, corría el peligro de acabar en el altar.

Al cabo de unos segundos, un hombre se acercó a Caroline.

Era Henshaw.

Max apretó los dientes. Estaba demasiado lejos

para oír lo que decían, pero vio que el hombre le ofrecía un brazo y que ella lo declinaba. Después intercambiaron unas palabras más y Henshaw reiteró su ofrecimiento, que Caroline aceptó esta vez.

Mientras la pareja se alejaba por el camino que llevaba a la mansión, Alastair entró en el invernadero, siguió la dirección de la mirada de su primo y preguntó:

—¿No es el tipo que nos estaba mirando la otra mañana?

—Sí, David Henshaw. ¿Lo conoces?

—Ah, sí... ya decía yo que me resultaba familiar. Es un miembro del club Brooks. En mi opinión, se preocupa demasiado por el corte de sus trajes y el estilo de sus pañuelos. ¿Se ha ganado el afecto de la señorita Denby?

—En absoluto.

—Lo dices con tanta seguridad como si te lo hubiera confesado ella misma. ¿Has mantenido otra conversación con la dama? ¿Es que te interesa?

Max le dedicó una mirada cargada de sarcasmo, aunque se sintió culpable por ello. No había faltado a la verdad cuando le dijo a su tía que la señorita Caroline Denby no era su tipo de mujer, pero ahora, después de haber sentido el deseo de devorarla, su ironía no podía ser menos sincera:

—¿Tengo cara de que me interese?

—No se parece mucho a las damas que frecuentas —admitió—, pero esa joven tiene algo. Es muy apetecible. ¡Sobre todo cuando monta con pantalones! Lástima que sea una doncella inocente... recuerda que el matrimonio es el precio a pagar para probar ese clase de mercancía.

–Sí, no dejo de repetírmelo.

–De todas formas, no me sorprende que Henshaw pretenda su mano.

–¿Por qué lo dices?

–Porque en Londres se rumorea que está cargado de deudas. No se atreve a volver a su casa por miedo a encontrarse con los alguaciles –respondió–. La dote de la señorita Denby pondría fin a sus problemas financieros.

Max nunca había dado muchas vueltas al hecho de que el hombre se quedara con todas las posesiones de la mujer cuando se casaban, pero después de haber oído los lamentos de Caroline, le parecía poco menos que un robo.

–No me parece una actitud digna de un caballero.

Alastair se encogió de hombros.

–Pues ocurre todo el tiempo...

–¿Tu madre está al tanto de lo que me has dicho?

–Lo desconozco, pero Henshaw intenta cazar a una dama rica desde que llegó de Cambridge. No hay nada nuevo en ello... salvo, tal vez, que ahora lo necesita con urgencia. Pero olvídate de él. Solo es un tipo pretencioso y aburrido. ¿Que te parece si echamos una partida de billar antes de la cena? Si alguno de los invitados se nos acerca, le diré a Wendell que nos lo quite de encima.

Max aceptó. Y mientras caminaban hacia la casa, pensó en la expresión de Henshaw cuando le había ofrecido el brazo a la joven.

¿Su situación económica sería tan desesperada como para atreverse a coaccionarla? Conociendo a su tía Grace, sabía que no lo habría invitado si hubiera tenido alguna duda sobre su integridad, pero no las tenía todas consigo, así que tomó una decisión: a la mañana siguiente se levantaría a primera hora y hablaría con la señorita Denby. Tenía que saber que aquel hombre podía ser peligroso.

Más tranquilo, siguió a Alastair hasta la sala del billar. Ahora tenía un problema más inmediato. Encontrar la forma de vencer a su primo por tercera vez seguida.

Capítulo 6

Max se levantó antes del alba y se dirigió a los establos cuando el sol todavía no había sobrepasado la arboleda. No quería correr el riesgo de que la señorita Denby se le adelantara. Pero se cansó de dar vueltas y más vueltas por los campos y no apareció.

Al final, dejó su montura en los establos y regresó a la casa. Suponía que habría decidido ser prudente y abstenerse de montar aquella mañana, aunque ya no tendría que soportar a Henshaw durante mucho tiempo.

La noche anterior, mientras jugaban al billar, Alastair le había dicho que los invitados de su madre estaban a punto de irse. Por lo visto, Jane estaba encantada; dos de las jovencitas se habían comprometido con otros tantos caballeros y, de paso, Felicity se había hecho muy amiga de la hija de lady Denby, Eugenia Whitman.

Sin embargo, la inminente marcha de Henshaw no significaba que Caroline se hubiera librado de él.

Si su madrastra la obligaba a ir a Londres en primavera, volverían a coincidir en cualquiera de los actos sociales que tanto detestaba.

A Max le pareció una pena que su amigo Harry estuviera tan lejos. En su opinión, Caroline merecía casarse con un hombre que apreciara su talento y sus intereses; con un hombre que la animara a mantener la herencia de su difunto padre.

Durante unos momentos, coqueteó con la idea de ir a buscarla para despedirse, pero no podía acercarse a ella sin que el resto de los invitados lo notaran y se preguntaran por qué se llevaba tan bien con un hombre al que, supuestamente, no conocía. Tendría que esperar a que viajara a Londres. O acercarse a Denby Lodge con la excusa de adquirir un caballo.

Como Alastair estaba ocupado con sus asuntos, sacó un libro de la biblioteca y fue al invernadero, cuya paz y tranquilidad había aprendido a apreciar con el paso de los días. Ni siquiera había llegado a su banco habitual cuando oyó un murmullo de voces.

Se detuvo y prestó atención, pero hablaban tan bajo que no las distinguía. ¿Sería su tía Grace, hablando con el jardinero de Barton Abbey? ¿O tal vez alguna de las parejas que se habían comprometido?

Fuera como fuera, sabía que su presencia no sería bien recibida; de modo que volvió sobre sus pasos. Y entonces, reconoció una voz de mujer.

Caroline Denby.

–Señor Henshaw, agradezco sinceramente su oferta. Sin embargo, estoy convencida de que no nos llevaríamos bien.

Henshaw replicó algo ininteligible para Max, pero la voz de Caroline sonó tan alta y clara como antes.

—No, no voy a cambiar de opinión —dijo—. Y por otra parte, he intentado disuadirlo de tantas formas y tantas veces que me extraña su sorpresa ante mi negativa. Le ruego que se marche de aquí.

—¿Por qué? ¿Es que está esperando a alguien? —preguntó con enfado—. ¿Al señor Ransleigh, quizás? Porque si es así, le recuerdo que, a pesar de haber perdido el favor de su padre, es un hombre rico que indudablemente se casará con una dama de una familia importante. Además, le gusta un tipo de mujer refinada que usted está lejos de ser, señorita Denby. Y se está haciendo vieja. Si alberga alguna esperanza de casarse, será mejor que acepte mi propuesta.

Max maldijo a Henshaw para sus adentros. De buena gana se habría acercado y le habría dado un puñetazo, pero sospechaba que Caroline no habría agradecido su intervención, especialmente si terminaba en una situación embarazosa.

—Es cierto, señor Henshaw. No poseo ninguna de las cualidades y habilidades que un caballero busca en una esposa. Y como ya habrá notado, no soy una belleza clásica y tengo un gusto lamentable en materia de vestidos... Hágase un favor y olvídese de mí, señor. Estoy segura de que, si espera a la temporada de primavera, podrá encontrar una dama más adecuada a sus intereses.

A pesar de su enfado, Max sonrió. Nadie habría podido negar que Caroline Denby tenía talento con la ironía.

—Me temo que la presión de mis acreedores no me permite esperar hasta la primavera. Y aunque admito que no posee ni el talento ni las virtudes que normalmente esperaría de una mujer, también es verdad que tiene algún encanto y... una gran cantidad de dinero.

La declaración de Henshaw le pareció tan grosera que Max estuvo a punto de reconsiderar la decisión de no intervenir, pero además de incomodar a la señorita Denby, se arriesgaba a que, en venganza, Henshaw hiciera público que la había visto en compañía de Alastair Ransleigh y de él mismo.

Segundos después, sonó un ruido seco que solo podía ser una cosa, una bofetada.

—¡Aparte las manos de mí! Me ha seguido al invernadero sin mi permiso y sin que yo lo anime a tal cosa. Si no se quiere marchar, me iré yo. Y puesto que no espero verlo otra vez, aprovecharé la ocasión para despedirme. Adiós, señor Henshaw.

—No tan deprisa, querida. Este matrimonio no es ni de su gusto ni del mío, pero le guste o no, será mi esposa.

—¡Suélteme! ¡Jamás me casaré con usted!

—Esperaba que aceptara mi propuesta de buena gana, pero veo que tendré que tomar otras medidas. Le prometo que, cuando salga de aquí, no estará en condiciones de casarse con nadie que no sea yo.

A Max no le quedó más remedio que abandonar

su discreción. Y por si no hubiera estado preparado para descuartizar a Henshaw, los sonidos del forcejeo posterior lo enfadaron hasta el punto de que habría sido capaz de asesinarlo.

Cuando llegó a su altura, vio que el muy canalla le había roto el vestido y subido los faldones, con la intención evidente de violar a la señorita Denby. Al ver a Max, Henshaw se quedó atónito, pero los dos hombres no llegaron a tocarse, porque Caroline aprovechó el desconcierto de su agresor para pegarle una patada entre las piernas y darle un puñetazo en la nariz que habría enorgullecido al mejor de los boxeadores.

Henshaw gritó, la soltó y se llevó una mano a la cara mientras retrocedía.

—¡Maldita bruja! ¡Se arrepentirá de lo que ha hecho!

Solo entonces, Max lo agarró del brazo y lo estampó contra la pared del invernadero, aunque con mucha menos fuerza de la que le habría gustado; no quería romper uno de los cristales de su tía Grace.

A continuación, le puso una mano en el cuello y bramó:

—La señorita Denby no se va a arrepentir de nada. Pero usted se arrepentirá amargamente a menos que haga exactamente lo que le voy a decir. En primer lugar, le pedirá disculpas y, en segundo, hará las maletas y se irá de Barton Abbey. De lo contrario, le diré a todo el mundo que ha intentado violar a una joven.

Max soltó a Henshaw, que dio un paso atrás.

—¿Cómo se atreve a amenazarme? ¡Nadie le creerá! ¡Usted no es más que un mujeriego impenitente! ¡Un fracasado al que expulsaron de Viena y al que su propio padre ha dado la espalda!

–¿Está seguro de que no me creerán, bellaco? Le recuerdo que su anfitriona, lady Ransleigh, es mi tía. Y en cuanto a lady Melross, sabrá lo que ha pasado en cuanto vea el vestido roto de la señorita aquí presente.

Henshaw apretó los labios y se alejó en silencio. Obviamente, había comprendido que no tenía esperanza alguna de imponerse al sobrino de su anfitriona; sobre todo, en circunstancias tan incriminatorias para él.

–¿Se encuentra bien, señorita? –preguntó Max, preocupado.

–Sí... –respondió con la voz rota.

Antes de llegar a la puerta, Henshaw se volvió y dijo:

–No olvidaré esto, Ransleigh. Le aseguro que encontraré la forma de vengarme de usted y de esa bruja.

–Yo no tenía intención de ir más lejos, pero no me ha dejado más salida. Le voy a dar una lección que recordará siempre.

Antes de que Max pudiera dar un solo paso, Henshaw abrió la puerta y salió corriendo. En otras circunstancias, lo habría seguido y le habría dado la lección prometida, pero el estado de la señorita Denby era más importante para él. Estaba temblando, con las manos cerradas sobre el canesú roto.

–Lo siento mucho, señorita –se disculpó–. Oí sus

voces hace unos minutos, pero he esperado demasiado y he estado a punto de llegar tarde... Si lo desea, encontraré a esa rata y le daré la paliza que se merece.

Ella sacudió la cabeza y sonrió con debilidad.

—Darle una paliza no serviría de nada. Aunque es posible que yo misma le pegue otro puñetazo... Ha arruinado uno de mis vestidos más horrendos.

Max se sintió aliviado. Caroline había recuperado el color y su voz sonaba más firme.

—Ha hecho un gran trabajo con su primer intento, señorita. Aunque no creo que le haya roto la nariz, lo cual es una pena. ¿Quién la enseñó a boxear?

—Harry. Aprendió con Jackson en Londres, cuando estaba en Winchester —respondió—. Pero por muy satisfactorios que hayan sido el puñetazo y la patada, no me ayudarán a resolver mi problema más inmediato.

—¿Su problema más inmediato?

Ella asintió.

—Sí, volver a mi dormitorio y cambiarme de vestido. Si mi madrastra me ve así, le dará un sofoco. Maldito Henshaw... pensé que podría disuadirlo, pero... —Caroline se estremeció como si acabara de caer en la cuenta de que había estado a punto de violarla—. Es una lástima que rechazara mi propuesta, señor Ransleigh. Estoy segura de que usted habría sido mucho más caballeroso.

A pesar de sus esfuerzos por mantener la compostura, Caroline derramó una lágrima. Y Max abandonó toda discreción y la tomó entre sus brazos.

–Si yo estuviera dispuesto a arruinar su reputación, me aseguraría de que, al menos, lo disfrutara –dijo en tono de broma–. Y, por supuesto, lo habría hecho con mucha más delicadeza. Como esto...

Max se inclinó sobre ella y le dio un beso en la punta de la nariz, pero la caricia tuvo un efecto contrario al deseado. Caroline rompió a llorar y se apretó contra su pecho, angustiada. Él la abrazó con más fuerza y le acarició suavemente la mejilla, sin decir nada, hasta que se empezó a tranquilizar.

–Sí, es indudable que habría sido más caballeroso –declaró–. Gracias, señor Ransleigh. Nunca olvidaré lo que ha hecho por mí.

Él sonrió.

–Max, por favor, llámeme Max.

Justo entonces oyeron una voz de mujer.

–¡Señorita Denby!

Max miró a Caroline con preocupación, consciente de que no podía hacer nada por evitar el desastre.

–¡Señorita Denby! ¿Dónde está?

Era lady Melross. Y los había visto.

Capítulo 7

Lady Melross se quedó horrorizada al verla en brazos de Max y con el vestido roto. Caroline se sintió enferma. ¿Cómo era posible que las cosas se hubieran complicado tanto? Bajo los ojos acusadores de la recién llegada, Max aparecería inevitablemente como el hombre que había intentado abusar de ella. Y, siendo una chismosa, no desaprovecharía la oportunidad de contárselo a todo el mundo.

–¡No es lo que parece, lady Melross! –exclamó Caro con frustración, aunque sabía que no serviría de nada.

La situación no podía ser más injusta. Max Ransleigh se había negado a arruinar su reputación y ahora, por culpa del detestable señor Henshaw, se vería involucrado en un escándalo del que era inocente.

Y todo por culpa suya.

–¿Que no es lo que parece? –replicó lady Melross–. Pobre señorita Denby... ¿cree que no soy capaz de interpretar lo que mis propios ojos ven? Un pajarito me ha dicho que encontraría algo interesante si iba al invernadero.

–¿Un pajarito? –preguntó Caroline–. ¿A quién se refiere?

–No lo sé. He recibido una nota... obviamente, de alguien que estaba al tanto de su relación con el señor Ransleigh. Aunque tampoco me extrañaría que el autor de esa nota fuera usted, señorita.

–Henshaw... –dijo Caroline en voz baja.

No había otra explicación. Tenía que haber sido él.

–En cuanto a usted, señor Ransleigh, no lo creía capaz de hacer algo tan indigno de un caballero. Aunque después de lo sucedido en Viena...

Lady Melross se agachó y alcanzó la capa de Caroline, que se le había caído cuando Henshaw se había abalanzado sobre ella.

–Será mejor que se ponga la capa, señorita Denby –continuó.

La situación se complicó un poco más en ese momento con la llegada de lady Claringdon.

–¿Cómo se atreve, señor Ransleigh? ¡Menudo granuja! ¡Fingir que mantenía las distancias con las invitadas mientras seducía a una chica inocente en las narices de su carabina! ¡Y usted, jovencita, tiene exactamente lo que se ha buscado!

–¡Desde luego! –se sumó lady Melross–. ¡Estúpida niña! ¡Ofrecerse al señor Ransleigh no le servirá para mejorar su posición social! ¡Si hasta su padre se niega a recibirlo! ¿Es que no sabe que ha caído en desgracia?

—Basta ya, lady Melross —intervino Max—. Fálteme al respeto si quiere, pero no permitiré que se lo falte a la señorita Denby. Ha pasado por una experiencia terrible y necesita volver a su habitación y descansar un poco.

Max se giró hacia Caroline y añadió con suavidad:

—¿Accede a que estas damas la acompañen a su habitación? Ya hablaremos más tarde.

—No, no... Tenemos que aclarar lo sucedido.

—El señor Ransleigh tiene razón en ese aspecto —la interrumpió lady Melross—. No imagino qué puede decir en su defensa, pero será mejor que se cambie de ropa antes de hablar con su madrastra.

Caroline sacudió la cabeza. Sabía que lady Denby se pondría histérica si recibía la noticia por boca de lady Melross o de cualquier otra persona que no fuera ella misma. Tenía que hablar con ella en primer lugar.

—No. Prefiero explicárselo de inmediato.

—Pobre Diana... —dijo lady Claringdon—. ¡Qué situación más embarazosa! ¡Y justo antes de que Eugenia se presente en sociedad!

—Sí, es un suceso muy inconveniente —declaró lady Melross, que no parecía lamentarlo en absoluto—. Póngase la capa y venga con nosotras, señorita. Si nos cruzamos con alguna de las invitadas y la ven así, se asustarán. En cuanto a usted, señor Ransleigh, doy por sentado que lady Denby lo llamará en algún momento. Entre tanto, le recomiendo que vaya a hablar con su tía y se disculpe.

Ransleigh hizo caso omiso del comentario de lady Melross. Volvió a mirar a Caroline y sonrió en un intento por tranquilizarla.

–No se preocupe, Caroline. Descanse un poco –dijo–. Iré a verla más tarde y aclararemos la situación.

Caroline estuvo a punto de agarrarse a la manga de Max para impedir que las dos mujeres la llevaran a la mansión. Desde su punto de vista, habría sido preferible que la acompañara a ver a lady Denby antes de que lady Melross extendiera su maliciosa versión de los hechos, pero sabía que no querría explicarse delante de esa cotilla, y que no tenían la menor posibilidad de librarse de ella.

–Hablaré con su madrastra en cuanto pueda, Caroline.

–¡Hable antes conmigo! –replicó ella, mientras la arrastraban.

Al llegar a la casa, lady Melross y lady Claringdon la empezaron a interrogar, pero su negativa a ofrecer detalles terminó por disuadirlas. Durante el resto del camino, se dedicaron a hablar de la pobre lady Denby y de lo rápidamente que se extendería la noticia como si Caroline no estuviera con ellas.

¿Qué podía hacer? ¿Pedir a Max que buscara a Henshaw y lo llevara a ver a su madrastra, para acusarlo juntos y aclarar el malentendido? Pero ni siquiera estaba segura de que Henshaw siguiera en Barton Abbey. Y atrapada como estaba entre las dos dragonas, no podía hacer nada por averiguarlo.

Además, tampoco sabía si debía hablar inmediatamente con su madrastra o esperar para hablar antes con Max. Solo sabía que tenía poco tiempo para tomar una decisión, y que su vida y su futuro dependían de ello.

Cuando lady Melross y lady Claringdon descubrieron que ni Eugenia ni su madre estaban en la habitación, la dejaron en paz y se marcharon de inmediato. Al parecer, tenían prisa por compartir la noticia con cualquiera que las quisiera escuchar.

Caroline cruzó los dedos para que no encontraran a su madrastra antes de que pudiera hablar con ella. Sin embargo, su ausencia le ofrecía la oportunidad de llamar a Dulcie y cambiarse de ropa antes de que la prueba del desastre añadiera turbación a la previsible alarma de lady Denby. Cuando Dulcie llegó, la miró con horror y preguntó por lo ocurrido. Caroline la tranquilizó y le prometió que se lo explicaría más tarde.

Mientras se cambiaba de ropa, sonrió sin humor. No era la forma que habría elegido para perder su reputación, pero el malentendido del invernadero había sido realmente eficaz. Al menos, ya no tendría que llevar más vestidos espantosos.

Redactó una nota para Maximilian, donde le pedía que se reuniera con ella en el salón de lady Denby, y le pidió a Dulcie que se la hiciera llegar. Luego, se sentó y esperó a que su madrastra apareciera.

Su mente era un caos de ideas y posibilidades. Intentaba encontrar la forma de aprovechar el escándalo para volver a Denby Lodge y a sus caballos sin que el buen nombre de Max quedara dañado para siempre. Se había portado muy bien con ella. Había impedido que Henshaw la violara y, desde luego, no merecía que su generosidad recibiera el pago de un matrimonio odioso para los dos.

Además, temía que el sentido del honor de Max lo empujara a declararse culpable y a asumir una responsabilidad que no era suya. Y no lo podía permitir. En primer lugar, porque no era justo, en segundo, porque Max no se quería casar y, en tercero, porque un matrimonio infeliz podía ser la peor condena imaginable, como demostraba la dolorosa experiencia de su prima Elizabeth.

Aún estaba dando vueltas al asunto cuando oyó pasos y voces en el corredor que anunciaban la llegada inminente de lady Denby.

Caroline respiró hondo y se preparó, temiendo que lady Melross la hubiera acompañado, pero su madrastra apareció sin más compañía que Eugenia.

–¿Es cierto? –exigió saber–. ¿Es verdad que el señor Ransleigh ha intentado abusar de ti en el invernadero?

–No. No es cierto.

–¡Gracias a Dios! –lady Denby pareció inmensamente aliviada–. ¡Esa maldita mujer! ¡Sabía que lady Melross se lo había inventado!

–Me temo que no es una invención.

–¿Pero no acabas de decir que... ?

–Se ha producido un altercado, pero no ha sido como lady Melross cree.

–Entonces, ¿no es verdad que tu vestido estaba roto y que te ha descubierto en brazos de Maximilian Ransleigh?

–Mi vestido estaba roto, pero...

–¡Oh, no! –la interrumpió su hermanastra–. ¡Han arruinado tu reputación! ¡Y de paso, la mía! ¡Ya no podré ir a Londres...!

Eugenia rompió a llorar, salió corriendo y se encerró en un dormitorio. Lady Denby se quedó pálida, mirando a su hijastra con un gesto de reproche.

–Oh, Caroline... ¿cómo has podido? Sé que tu futuro te importa poco, pero has comprometido el de tu hermana.

–Siéntate y déjame que te lo explique –le rogó–. No es tan malo como piensas. De hecho, no tiene nada que ver con lo que esa mujer detestable te ha contado.

–Está bien, te escucho.

–¿Quieres que te sirva una copa de jerez?

–Sí, por favor.

Su madrastra se sentó y se tomó el jerez mientras Caroline se lo explicaba todo. Cuando le contó que Max había aparecido de repente y había impedido que Henshaw la violara, lady Denby soltó un grito ahogado, se puso en pie y la abrazó.

–¡Oh, querida mía! ¡Ha debido de ser terrible para ti! Dios bendiga al señor Ransleigh por haber sido tan valiente.

Caro asintió y la ayudó a sentarse de nuevo.

–Sí, estoy en deuda con él... Como comprenderás, tenemos que hacer lo que sea necesario para evitar que lady Melross extienda un rumor tan falso como ese. No sería justo que Max se vea obligado a casarse conmigo.

—No, no sería justo. Pero si no te casas con él, saldrás peor parada... Además, tenemos que pensar en Eugenia. Esto le podría hacer mucho daño.

—Oh, vamos. Eugenia ni siquiera es una Denby —le recordó—. Cuando lady Gilford y lady Ransleigh sepan lo ocurrido, estoy segura de que hablarán con sus amigas para que mis dificultades actuales no afecten a mi hermanastra.

Lady Denby asintió.

—Sí, es posible. Grace y Jane no aceptarían que Eugenia pague por la vileza del señor Henshaw. Pero, ¿cómo vas a salvar tu situación?

Caroline sacudió la cabeza.

—Todavía no lo sé.

—Oh, querida...

—¿Me permites que hable a solas con Max antes de que se presente ante ti? Le he mandado una nota. Supongo que llegará en cualquier momento.

Lady Denby suspiró.

—Naturalmente... ¡Esto es tan terrible! En fin, será mejor que vaya a animar a Eugenia.

Tras darle otro abrazo, lady Denby se fue en busca de su hija. Caroline empezó a caminar por la habitación, cada vez más tensa ante la perspectiva de hablar con Max.

A pesar de todo, una voz insidiosa le decía que casarse con él podía ser más agradable de lo que había imaginado. Maximilian Ransleigh se había portado como un caballero desde el principio, la había tratado con más amabilidad que ningún otro hombre y, por si eso fuera poco, su cercanía física le hacía sentir cosas que no había sentido en su vida.

El día anterior, en el invernadero, había estado a punto de besarlo. De algún modo, Max conseguía que fuera extrañamente consciente de sus labios, de sus pechos y de otras partes en las que no se atrevía a pensar. Lograba que ansiara su contacto, con una fuerza que jamás habría creído posible, y que sintiera el deseo irrefrenable de conocerlo a fondo y, a su vez, de que él la conociera.

En realidad, le gustaba hasta el extremo de que su viejo temor a quedarse embarazada había desaparecido. Pero Max le daba miedo en otro sentido, quizás más profundo. No necesitaba coaccionarla ni engatusarla para ganarse sus favores, tenía tanto poder sobre ella que estaba dispuesta a entregárselos sin resistencia alguna. Como su prima Elizabeth con Spencer Russell, el hombre que la había traicionado y llevado a la banca rota.

Además, Caroline no quería sentirse dominada por emociones que la embriagaban y le privaban de su sentido común, ni quería ser rehén de un deseo abrumador que le impedía pensar con claridad.

Por fin llamaron a la puerta.

Su corazón se detuvo un segundo y volvió a latir con ritmo acelerado. Ella se secó el sudor de las manos en el vestido, respiró hondo y se levantó.

Había llegado el momento de hablar con él.

Capítulo 8

Max Ransleigh entró en la habitación con expresión solemne. Luego se acercó a ella y le dio un beso en la mano.

Caroline se estremeció al sentir el contacto de sus labios y susurró una bienvenida más bien tímida mientras lo llevaba hacia el sofá. Estaba demasiado nerviosa para sentarse, pero sabía que Max permanecería de pie si ella se quedaba de pie, de modo que se acomodó en un sillón, al otro lado de la mesita baja.

–Siento haberlo involucrado en este asunto, Max –empezó a decir–. Aunque yo misma lo invité a mancillar mi reputación, puede estar seguro de que no he tenido nada que ver con el suceso del invernadero. Yo no envié la nota que recibió lady Melross. No sería capaz de hacer algo tan indigno.

–La creo, Caroline –dijo–. Es obvio que la nota se la envió Henshaw. Al principio, pensé que lo habría hecho para vengarse de nosotros, pero luego me he dado cuenta de que no tuvo tiempo de redactarla y enviársela a esa cotilla... Seguramente se la envió esta mañana para que lady Melross se presentara en el momento preciso y usted se viera obligada a casarse con él. No podía imaginar que yo aparecería.

–Gracias por su confianza, Max. Me habría sentido tan mal si me hubiera creído responsable... –le confesó–. En fin, lady Denby me ha permitido que hablemos en privado antes de que se reúna con nosotros. ¿Qué vamos a hacer?

–No lo sé. Es una situación difícil –respondió él–. Aunque al final ha conseguido lo que quería... arruinar su reputación.

Ella asintió.

–Sí, eso es verdad. Puede que Henshaw me haya hecho un favor sin pretenderlo... Solo tenemos que contar lo sucedido y dejar bien claro que usted es completamente inocente. Mi reputación seguirá por los suelos, pero todos entenderán que me niegue a convertirme en la esposa de semejante individuo.

Max frunció el ceño.

–Me temo que no es tan fácil.

–¿Por qué lo dice?

–Porque la gente seguirá pensando que casarse con él es la única forma de salvar su reputación. Nuestra sociedad es muy conservadora, Caroline. Por deplorable que sea la conducta de Henshaw, sigue siendo un noble –le recordó–. Le perdonarán todo si el suceso, al final, termina en boda.

–¡Eso es del todo inadmisible! –protestó–. ¡No pueden esperar que una víctima se case con su agresor!

—Inadmisible o no, usted sabe perfectamente que la mujer se lleva las culpas en estos casos. Sin embargo, no permitiremos que las cosas se salgan de quicio.

—¿Tiene algún plan?

—Eso depende. Henshaw se ha ido de Barton Abbey, pero no habría confesado la verdad en ningún caso. A fin de cuentas, la versión de lady Melross lo exime de responsabilidad, y como nosotros no tenemos más prueba que nuestra palabra, lo aprovechará para vengarse de usted y de mí.

Caroline asintió.

—De todas formas, no le voy a conceder esa satisfacción. Lo acusaré con pruebas o sin ellas, haga lo que haga Henshaw.

—No creo que sea lo más inteligente.

Ella entrecerró los ojos.

—¿No?

—Lady Melross la ha descubierto entre mis brazos, Caroline; en los brazos del hijo de un conde con mucha influencia en el Gobierno. Si culpa a ese canalla, serán muchos los que piensen que la he coaccionado con mi poder y que la he obligado a acusar a un hombre inocente. Además, lady Melross estará encantada de recordarle a todo el mundo que no es la primera vez que me veo envuelto en un escándalo.

Caroline lo miró con incredulidad.

—¿Piensa sinceramente que no me creerán?

Max asintió.

—Estoy convencido. Puestos a elegir entre un hombre insignificante como Henshaw y uno como yo, me elegirán a mí –declaró con amargura.

–Pero eso es injusto...

Él soltó una carcajada sin humor.

–Últimamente, he aprendido lo injusta que puede llegar a ser la vida. Créame, Caroline... esta solución me gusta tan poco como a usted, pero nuestro matrimonio es lo único que puede salvar su posición y la mía.

Aunque alarmada por las palabras de Max, Caroline lo admiró por su predisposición a hacer lo que creía más adecuado.

–Es una oferta muy noble de su parte, y le estoy agradecida por ello, pero me parece ridículo que nos tengamos que casar por lo que piensen otros.

–Caroline, permítame recordarle que se encuentra en un callejón sin salida –dijo con frustración–. Si no se casa, se arriesga a que la excluyan de la alta sociedad. Y, por experiencia propia, le aseguro que no es agradable.

–A estas alturas debería saber que el status social y la opinión de la gente me importan muy poco. Sobre todo, en comparación con mi libertad y mi forma de vivir.

–Pero no se trata solo de usted. Sus decisiones también afectan a lady Denby y la señorita Whitman... Lady Melross no perderá ocasión de extender el rumor por Londres. Y cuando sus familiares lleguen en primavera, el escándalo las alcanzará.

Ella sacudió la cabeza.

–Ya he hablado de eso con mi madrastra. Si lady

Ransleigh, lady Gilford y ella se ponen de acuerdo, impedirán que este asunto afecte al futuro de Eugenia. No se preocupe tanto... usted ya tiene fama de granuja y, en cuanto a mí, habré conseguido lo que quería. Mis pretendientes me dejarán en paz.

Caroline esperaba convencerlo con su argumentación, pero lejos de parecer convencido, su expresión se volvió más sombría.

–Caroline, no intento presionarla, pero vive tan lejos de Londres que no calcula bien las reacciones de ese grupo social. Yo llevo toda una vida bajo su escrutinio, y le prometo que, cuando su madrastra tenga tiempo de pensar, llegará a la conclusión de que nuestro matrimonio es la única solución posible.

Max respiró hondo y añadió:

–Hable con ella, por favor. Dígale que he hecho lo correcto y que le he pedido que se case conmigo.

Si la situación no hubiera sido tan grave, Caroline habría estallado en carcajadas. Aquello no tenía ningún sentido. Era obvio que Max no deseaba casarse. Sus palabras habían sonado tan forzadas y tan renuentes que le habrían parecido ofensivas si ella no hubiera compartido su aversión al matrimonio.

Max debió de adivinar lo que pensaba, porque suspiró de nuevo y sacudió la cabeza.

–Se lo diré de otra forma, Caroline.

Súbitamente, la tomó de la mano y la miró con intensidad. El corazón de Caroline se aceleró hasta el extremo de que se sintió mareada.

–¿Me hará el honor de concederme su mano? Sé

que ni usted ni yo vinimos a Barton Abbey con intención de casarnos, y sé que nos conocemos muy poco... Pero a pesar de ello, soy sincero al afirmar que la respeto y la admiro. Me sentiría muy halagado si me dijera que yo también le gusto.

–Me gusta... y también lo admiro.

Caroline deseó que le soltara la mano. Sentía sus dedos como si estuvieran conectados con su pecho y su mente, porque ahora respiraba con dificultad y casi no podía pensar.

Intentó romper el contacto, pero no logró que su cuerpo le obedeciera. Max le empezó a acariciar la palma con movimientos suaves y circulares que le provocaron oleadas de calor, vaciando sus sentidos de todo detalle que no fuera la presión de su pulgar y el placer que le causaba.

–Creo que nos llevaríamos razonablemente bien, Caroline. Le tengo afecto y, además, valoro su trabajo. No hay más que ver a Sultán para saber que tiene talento con los caballos... Le prometo que, si fuera su esposo, podría seguir al frente de los establos de su padre –dijo–. Con mi bendición.

La promesa de Max le gustó tanto como sus caricias. Y, de repente, deseó que rompiera las distancias que aún los separaban y le diera un beso.

Desconcertada por el poder que tenía sobre ella, rompió el contacto y se levantó. Luego, se acercó a la ventana y se dijo que casarse con Max Ransleigh era un error. Durante sus breves y escasos encuentros, le había demostrado que no podía resistirse a él. Si se convertía en su esposa, desearía que la tocara. Incluso sentiría la tentación de quedarse embaraza de un hombre que no le ofrecía amor, sino admiración y respeto.

Caroline le estaba profundamente agradecida por el valor que había demostrado al rescatarla de Henshaw y al afrontar las consecuencias derivadas, pero, precisamente por ello, no se atrevía a contarle el verdadero motivo de su oposición al matrimonio. No quería admitir que tenía miedo de morir en el parto, como tantas mujeres de su familia. No quería quedar como una cobarde ante un hombre tan valiente.

Tras recordarse su convicción de que lady Denby podría proteger a Eugenia, se giró hacia él y dijo:

—Sé que me ofrece el matrimonio a regañadientes y bajo la presión de las circunstancias. Si lo pensara mejor, se daría cuenta de que no tiene sentido. No nos podemos condenar a un compromiso de por vida para evitar un escándalo que, por otra parte, se olvidará en cuanto surja el siguiente.

—Para que la gente olvide esto, tendría que ser de dimensiones descomunales... —afirmó con ironía.

—Sea razonable, Max —Caroline apartó la mirada—. No soy modesta al afirmar que entre usted y yo hay todo un mundo. Yo soy hija de un barón sin importancia y usted es hijo de un conde y está acostumbrado a los círculos de la alta sociedad. No poseo ni las habilidades ni la experiencia necesaria para ser la esposa que merece.

—Pero podría adquirirlas...

Ella sacudió la cabeza.

–No siento el menor deseo al respecto. Londres no es mi mundo, mi mundo es el camino que va de los establos a los cercados de Denby Lodge. No huele a perfume, sino a cuero y a heno. No está hecho de conversaciones políticas, sino del tintineo de los arneses, los relinchos de los caballos y los golpes del martillo del herrero. Las fiestas y los teatros de la capital no están hechos para mí.

Max sonrió.

–Defiende su mundo con gran elocuencia...

–Solo quiero hacerle ver que somos muy distintos. Yo no deseo otra cosa que permanecer en mis tierras y compartir mi vida con alguien que ame y aprecie las cosas que me gustan.

Ella se giró otra vez hacia la ventana.

–Aunque soy muy consciente del honor que me hace al ofrecerme el matrimonio –siguió hablando–, voy a casarme con Harry. Las cosas se habrán calmado cuando vuelva de la India. Y si no se han calmado, sé que a él no le importará.

–Es posible. Pero tenga en cuenta que, si usted cae en desgracia, Harry compartirá su suerte –afirmó Max–. Ser expulsado de la alta sociedad no es agradable, Caroline. ¿Quiere obligar a su amigo al exilio? ¿Quiere que sufra las consecuencias?

–Harry no sufriría las consecuencias –se defendió.

–¿Está segura de eso?

–No insista, Max. Como ya le he dicho, lady Gilford, lady Ransleigh y mi propia madrastra se encargarán de limpiar la reputación de Eugenia. En cuanto a mí, me casaré con Harry en cualquier caso... Ah, y si tenía intención de pedir mi mano a lady Denby, olvídelo. Jamás me obligaría a casarme contra mi voluntad.

–Caroline...

Caroline lo miró fijamente.

–¿Cómo es posible que no lo comprenda? Algún día, encontrará a una mujer con quien se quiera casar, una esposa abnegada y una anfitriona capaz de estar a su altura. Lo siento, pero debo rechazar su oferta.

Max la observó con detenimiento durante unos segundos. Ella no supo si se sentía aliviado o frustrado con su negativa.

–No hace falta que responda ahora. Tómese unos días y piénselo bien.

–Eso no será necesario. Ya he tomado una decisión. Cuando mi madrastra se recupere del susto, haremos las maletas y volveremos a Denby Lodge.

Él asintió lentamente.

–Muy bien, como quiera. Creo que comete un error grave, pero yo no soy Henshaw y, por supuesto, no la voy a coaccionar... Sin embargo, mi propuesta sigue en pie. Por si cambia de opinión.

Caroline pensó que era el hombre más amable que había conocido. Y estuvo a punto de romper a llorar.

–Gracias, Max.

–Enviaré una nota a lady Denby para presentarle mis disculpas. ¿Me avisará antes de irse? Me gustaría despedirme de usted.

–Es mejor que nos despidamos ahora.

–Si lo prefiere así...

Max se acercó a ella, se detuvo a un paso de distancia y la tomó de la mano. Caroline sintió un estremecimiento de placer.

–Han sido unos días... interesantes, Caroline. Sepa que, pase lo que pase, siempre estaré a su servicio.

Momentos después, Max dio media vuelta y se marchó.

Cuando se quedó sola, Caroline pensó que había tomado la mejor de las decisiones posibles. Y que debía volver a Denby Lodge cuanto antes.

Capítulo 9

Max se dirigió a la biblioteca, profundamente enfadado. Al cruzarse con uno de los invitados en el corredor, le lanzó una mirada tan fría que el hombre dio media vuelta sin decir nada y volvió sobre sus pasos.

Cuando llegó a su destino, alcanzó la licorera y se sirvió una copa de brandy que se bebió de un trago, como la segunda. Necesitaba el calor del alcohol en la garganta.

Había sido un día espantoso.

Se sentó junto al fuego, en uno de los sillones, y se preguntó cómo era posible que todo hubiera ido tan mal. Especialmente porque, apenas unas horas antes, había estado disfrutando de la paz y de la tranquilidad del invernadero con el convencimiento de que su vida iba a mejorar. Pero en lugar de mejorar, había dado un giro desastroso.

Recordó el enfrentamiento con Henshaw y sacudió la cabeza. ¿Acaso no había aprendido en Viena que debía mantenerse al margen de los problemas de mujeres con las que no mantenía ninguna relación? Al parecer, la respuesta era negativa. Porque, a diferencia de lo sucedido con *madame* Lefevre, había permitido que lo arrastraran conscientemente a un fiasco del que no podía salir nada bueno.

Por suerte, Caroline había rechazado su oferta de matrimonio. Pero Max no se hacía ilusiones al respecto, daba por sentado que, cuando su madrastra la llevara a Denby Lodge, le haría entender que su situación se volvería extraordinariamente difícil si no se casaba. Y como él le había dicho que su propuesta seguía en pie, corría el peligro de atarse a una mujer con quien no tenía nada en común, como ella misma reconocía.

Sin embargo, le preocupaban las consecuencias del escándalo. Caroline se equivocaba al pensar que no le afectarían porque, a fin de cuentas, ya tenía fama de granuja. No entendía que destrozar la reputación de una dama estaba más allá de lo admisible en un caballero, aunque fuera un granuja.

Mientras lo pensaba, se intentó resignar con el único factor positivo de aquel desastre: cuando se extendiera la versión de lady Melross, dejaría de ser objetivo prioritario de las madres alcahuetas y de sus interesadas hijas.

Por desgracia, el momento no podía ser peor para él. Su fama de seductor sin escrúpulos, incapaz de refrenar sus emociones, no le ayudaría precisamente a recuperar el favor de lord Wellington y volver a la carrera diplomática.

Desesperado, agarró la copa vacía y la lanzó al fuego.

Aún estaba maldiciendo por su mala suerte cuando Alastair entró.

—¡Por todos los diablos, Max! ¿Qué ha pasado mientras estaba fuera? ¡Hasta las doncellas lo están diciendo por ahí! —exclamó—. ¿Es cierto que has intentado violar a una chica en el invernadero?

Durante un par de segundos, Max consideró la posibilidad de decirle la verdad, pero no quiso complicarle la vida. Conocía a su primo y sabía que buscaría a Henshaw, lo retaría en duelo y lo mataría, porque era un tirador excelente. Y, al final, se tendría que marchar del país para que no lo detuvieran por asesinato.

—Digamos que me dejé llevar por el calor del momento —mintió—. Lady Melross y lady Claringdon aparecieron antes de que nos pudiéramos ir.

Alastair lo miró con desconfianza.

—Me han dicho que el canesú de la señorita Denby estaba roto y que le habías arrancado varios botones de la camisa. Pero eso no es propio de ti, Max; tú eres incapaz de comportarte de un modo tan poco sutil... y me consta que, si buscaras los favores de una mujer, no le arrancarías la ropa en un lugar público.

Como Max había roto la copa que tenía minutos antes, tuvo que sacar otra para servirse otro brandy.

—Lo siento, primo. No estoy en posición de decir nada más.

Alastair perdió la paciencia.

−¡Maldita sea! ¿Piensas que me he creído esa historia? ¿Qué ha pasado? ¿Esa bruja te ha tendido una trampa para que no tengas más opción que casarte con ella? ¡Y pensar que me caía bien...! No puedes permitir que se salga con la suya.

−Te equivocas con la señorita Denby. A decir verdad, le he ofrecido que se case conmigo y me ha rechazado.

Alastair lo miró en silencio y se sirvió una copa.

−Esto no tiene ni pies ni cabeza −declaró.

−No podría estar más de acuerdo.

De repente, el primo de Max echó la cabeza hacia atrás y soltó una carcajada.

−Bueno, al menos no tendrás que preocuparte por el daño que sufra tu ya menguada reputación. Jane te matará mucho antes de que vuelvas a Londres.

−Y puede que sea yo quien le preste la pistola −ironizó.

Alastair alzó su copa.

−¡Por las mujeres! ¡Uno de los mayores azotes de la tierra! No sé qué ha pasado hoy en el invernadero, ni te voy a presionar para que me digas la verdad. Pero sé que jamás harías daño a una mujer, y que estaré a tu lado, apoyándote, por muchas mentiras que suelten Melross y su grupo de cotillas sediciosas.

Max dejó su copa a un lado. Se sentía como en Viena, cuando iba de una habitación a otra sin saber qué hacer, incapaz de creer lo sucedido, abrumado por el hecho de que todo el mundo le diera la espalda.

−Gracias.

Alastair le sirvió otro brandy.

—¡Por los granujas de los Ransleigh!

—Por nosotros.

La puerta se abrió de repente y apareció un criado con una nota que llevaba el membrete de Barton Abbey. Max pensó que sería de Caroline y supuso que habría cambiado de idea, pero era de lady Denby.

Tras darle las gracias por las disculpas que le había ofrecido y por su propuesta de matrimonio, lady Denby le recordaba que Caroline no tenía intención de aceptarla y que se marcharían de allí tan pronto como les fuera posible. Sin embargo, concluía la nota con la advertencia de que esperaba convencer a su hijastra y de que, en tal caso, esperaba que se mantuviera fiel a su promesa.

De momento, seguía siendo un hombre libre.

—¿Buenas noticias? —preguntó Alastair.

Max sonrió.

—Lo son. Parece que no tendré que casarme con la señorita Denby. Sorprendentemente, se ha resistido a los intentos de su madrastra.

—Sorprendentemente en verdad... debe de estar loca para rechazar la posibilidad de casarse con el gran Max Ransleigh —bromeó.

—No está loca. Es que se quiere casar con otro hombre.

—Entonces, mejor él que tú. ¡Por la señorita Denby!

—Añade un cargo gubernamental a ese deseo y brindaré contigo.

Max sabía que todavía no había pasado lo peor. Los rumores de lo sucedido en el invernadero se extenderían por Barton Abbey como el fuego en un pastizal seco. Y en algún momento, su tía Grace lo mandaría llamar en respuesta a la nota que ya le había enviado.

Los dos primos permanecieron encerrados en la biblioteca, desde la que pudieron oír los pasos de los criados que se llevaban el equipaje de los invitados, pero una hora después, al ver que su tía seguía sin llamarlo, Max llegó a la conclusión de que algunos de ellos habrían optado por quedarse una noche más, ansiosos por conocer los detalles del suceso, avergonzar a Felicity y molestar a Jane.

Alastair, siempre leal, se mantuvo a su lado y lo retó a unas partidas de cartas después de que Max rechazara la oferta de jugar al billar. Estaba tan enfadado que no habría podido sostener un taco sin partirlo en la cabeza de alguien.

Probablemente en su propia cabeza.

Faltaba poco para la medianoche cuando un criado se presentó ante él y le dijo que la señora Ransleigh quería verlo en uno de los salones.

Max tragó saliva. Ahora se tenía que enfrentar a la mujer que había permanecido a su lado, desdeñando la conducta de su padre y recordándole que él merecía algo mejor. Al igual que en Viena, estaba a punto de recibir desprecio y condena social por el delito de haber ayudado a una dama en apuros, pero a diferencia de Viena, las consecuencias de esa injusticia podían afectar a un ser querido, su tía.

Cuando se dirigió a la puerta, Alastair le dio una palmada en la espalda para animarlo. Siendo su hijo, sabía que Grace podía ser un enemigo terrible. Pero Max estaba dispuesto a soportar su enfado y sus recriminaciones sin defenderse.

Grace estaba sentada en el sofá, con los ojos cerrados. Se había puesto una bata y se sobresaltó un poco cuando el criado anunció la llegada de Max. Por su aspecto, parecía haber estado llorando.

Max se sintió peor que en toda su vida. La idea de causar dolor a su querida tía le resultaba tan insoportable que habría preferido morir en Hougoumont, en la batalla de Waterloo.

Se acercó a ella y le besó la mano.

–Lo siento mucho, tía.

En lugar de cubrirlo de reproches, como Max esperaba, su tía se levantó del sofá y le dio un abrazo.

–Oh, mi pobre Max... –declaró–. ¿bajo qué triste estrella naciste para que la suerte te sea tan esquiva?

–Quién sabe. Si viviéramos en la Grecia clásica, pensaría que he ofendido de algún modo a Afrodita.

Grace dio una palmadita en el sofá.

–Anda, siéntate conmigo.

Max se sentó y dijo:

–Estaba preparado para recibir tus críticas e incluso para me echaras de tu casa. Me desconcierta que me recibas con afecto tras semejante escándalo.

–Sí, supongo que Anita Melross estará encantada con el escándalo del que hablas. Conociéndola, sé que no hablará de otra cosa durante muchas semanas... ¡Es una mujer terrible! Desgraciadamente, tiene tantos contactos que no la puedo poner en su sitio, como me gustaría. Pero ya basta de Anita. ¿Qué vamos a hacer, Max?

–Me temo que no se puede hacer gran cosa. Lady Melross y sus adláteres se habrán encargado ya de que la noticia se extienda. Y doy por sentado que no hablarán precisamente bien de mí –respondió.

–Yo tampoco habría hablado bien si la señorita Denby no hubiera insistido en verme antes de partir.

Max la miró con sorpresa.

–¿Has visto a la señorita Denby?

Su tía asintió.

–Debo admitir que estaba tan enfadada con vosotros que no sentía el menor deseo de escuchar sus excusas. Pero se mantuvo inflexible... –Grace soltó una risotada–. De hecho, le dijo a Wendell que se quedaría en la puerta de mi habitación hasta que le concediera esa entrevista.

–¿En serio?

–Sí. Y ahora me alegro de que insistiera tanto, porque me contó la verdad. Algo que, según me temo, tú no habrías hecho.

Max se quedó atónito.

–Así que te contó la verdad...

–Toda, desde el principio. Y mientras describía la agresión del señor Henshaw me sentí más afligida que en toda mi vida –Grace se llevó una mano al corazón–. Pero ¿es cierto entonces que no hay forma de hacer que pague por lo que ha hecho?

—Si la señorita Denby te lo ha contado todo, ya sabrás que no hay forma alguna.

—¡Pobre joven! Me siento culpable por haber invitado a un hombre capaz de agredir a una mujer. Ese maldito bellaco... ha arruinado la reputación de la señorita Denby y, ha dañado la tuya con una acusación falsa. ¡Es tan terriblemente injusto...!

Max se recostó en el sofá. Aunque no culpaba a Caroline de lo sucedido, le molestaba que ella hubiera conseguido lo que quería y él, que no había hecho nada malo, terminara en una posición más difícil que antes. Pero sabía que había una diferencia ostensible entre los dos: con tiempo y esfuerzo, él podría alcanzar sus objetivos y seguir adelante con su vida; en cambio, ella no podría limpiar su reputación.

Al final, la señorita Denby había resultado ser una mujer admirable. Al negarse a contraer matrimonio y seguir firmemente leal a Harry, su amigo de la infancia, había demostrado un sentido del honor tan inquebrantable como el suyo.

—No esperaba que dijera la verdad, pero me alegra que lo haya hecho —le confesó.

—Yo también me alegro. Sé que tú me habrías mentido.

Max se encogió de hombros.

—No tenemos pruebas para acusar a Henshaw, tía. Y, sin pruebas, tampoco hay nada que demuestre mi inocencia.

—¿Estás seguro de que no se puede hacer nada? Me parece ignominioso que tú tengas que sufrir por los actos de ese canalla.

–De momento, no veo ninguna solución. Buscaré pruebas que lo incriminen, pero entre tanto, preferiría que Alastair no sepa la verdad. Ya desconfía de la historia de lady Melross. Si se entera de lo sucedido, sería capaz de...

–De arrancarle los brazos o de algo peor... –declaró su tía–. Sí, lo sé. Y te agradezco que se lo quieras ocultar, Max. Se llenó de amargura cuando esa mujer lo abandonó. Y a pesar de todos los años que ha estado en el Ejército, insiste en meterse en peleas sin pensar en las consecuencias.

–Entonces, será nuestro secreto.

Grace suspiró.

–Si puedo hacer algo por ti, dímelo. Nada me causaría más placer que desenmascarar a Anita Melross y mostrar al mundo su maldad.

–Te prometo que acudiré en tu ayuda si la oportunidad se presenta –afirmó–. Por cierto, ¿la señorita Denby te ha dicho que pedí su mano y que me rechazó?

–Sí, me lo ha dicho. Y también me ha explicado que no podía aceptar que te casaras por obligación después de haberla salvado de Henshaw y de haberte mostrado tan amable y caballeroso... Incluso insistió en que debías permanecer soltero hasta que encuentres a una mujer que te guste lo necesario y que sea una buena anfitriona y una buena acompañante para un hombre de tu posición.

Max sonrió.

–¿Quien se puede enfadar con una persona que te rechaza entre un mar de cumplidos? –dijo con ironía.

—¡Y con tanta sinceridad! Ha sido el discurso más largo y elocuente que le he oído desde que llegó a Barton Abbey. Puede que no sea un caso tan perdido como yo pensaba.

Max tuvo que resistirse al impulso de defender a Caroline. Grace no tenía forma de saber que su imagen de joven tímida, mal vestida y poco inteligente no era más que una farsa muy bien interpretada.

—De todas formas, me sentí aliviada cuando me dijo que se va a casar con un hombre que actualmente está en la India —continuó ella—. Tras haber sido el instrumento inconsciente de su desgracia, me siento mejor al saber que no tendrá que vivir sin la protección de un buen caballero.

Max asintió.

—Ese caballero es el único motivo por el que no insistí en que nos casáramos. Sin mencionar el hecho de que jamás forzaría a una mujer.

—Lo sé, Max... En fin, será mejor que me acueste. ¡Las calamidades del día me han dejado agotada! Pero no me quería retirar sin hablar contigo. Supuse que estarías muy preocupado por mi reacción.

—Es verdad, lo estaba. Y ahora, acuéstate. No tengo intención de marcharme de inmediato.

Su tía le ofreció la mejilla para que le diera un beso.

—Quédate tanto como quieras. Pero antes de que te vayas, ¿te importa que le cuente la verdad a Jane? Es absolutamente discreta, y como ahora tiene influencia en Londres, es posible que encuentre la forma de ayudarte.

–No, no me importa. La señorita Denby ya me había mostrado su confianza en que Jane y tú defendierais la reputación de Eugenia, su hermanastra... Y, obviamente, agradeceré cualquier cosa que pueda ayudarla a ella. De todas las víctimas de este desastre, la señorita Denby es la que ha salido peor parada.

Grace asintió.

–Haremos lo que podamos.

–Entonces, no te molesto más. Gracias, tía. Por creer en mí.

–De nada –replicó ella, sonriendo–. Aunque también le deberías dar las gracias a la señorita Denby. Y por el mismo motivo.

Max le dio las buenas noches y se marchó. Su vida seguía siendo tan complicada como antes, pero se sentía enormemente mejor tras comprobar que el suceso del invernadero no le había enajenado el afecto de su tía.

Ahora estaba en deuda con la señorita Denby. Había demostrado tanto valor en el empeño de defenderlo ante su propia familia como en su negativa a un matrimonio conveniente para sus intereses.

La tía Grace estaba en lo cierto. Debía darle las gracias.

Pero dado que sus encuentros terminaban generalmente en desastre, se dijo que esperaría un poco.

Capítulo 10

Un mes después, a última hora de la tarde, Caroline Denby salió del establo. Desde el desastre de Barton Abbey, se había concentrado completamente en los caballos, a los que estaba preparando para las ventas de otoño. Pero tal como se temía al principio, las repercusiones del escándalo habían llegado a Denby Lodge.

Durante las dos semanas anteriores, varios caballeros a los que no había visto nunca se habían acercado a Kent con la excusa de que querían examinar, y quizás comprar, algunos de sus animales. Pero todos pasaron más tiempo con ella que con los caballos, lo cual le hizo sospechar que el verdadero motivo de su presencia era el de observar personalmente a la víctima de las maledicencias de lady Melross, la mujer a quien habían descubierto con Maximilian Ransleigh medio desnuda.

No obstante, Caroline intentaba animarse pensando que, si esperaban encontrarse con una seductora, se habrían llevado un buen chasco.

Al menos, el escándalo la había librado de tener que ir a Londres, y tras una semana de intentos infructuosos, su madrastra dejó de presionarla para que se casara con Max. En cuanto a Eugenia, no la había perdonado del todo por el desastre de Barton Abbey, pero cambió de actitud cuando le contó la verdad.

Entró en la casa y se quitó los guantes. Hasta el momento, había conseguido lo que quería: que la dejaran en paz con sus caballos. Y Eugenia también tenía lo que quería, porque lady Gilford, la señora Ransleigh y la propia lady Denby se habían encargado de escribir a sus muchos amigos para que su presentación en sociedad no se resintiera.

Al final, las cosas habían salido relativamente bien. Con excepción del pequeño detalle de sus noches, llenas de ensoñaciones tórridas con un hombre de voz profunda. Aunque estaba segura de que lo superaría con el tiempo.

–¿Caroline? ¿Eres tú?

Caroline se detuvo al pasar por delante del salón. Tenía intención de subir al dormitorio para cambiarse de ropa antes de cenar, pero la voz de lady Denby le sonó tan angustiada que tuvo que entrar a verla.

–¿Sí? ¿Qué quieres?

–Oh, Caroline... ¡temo que te he causado una desgracia sin querer!

–¿De qué estás hablando?

Lady Denby le lanzó una mirada de arrepentimiento.

–Después de lo que pasó en Barton Abbey, escribí

a los fiduciarios para informarles de que te ibas a casar y para pedirles que los abogados empezaran a trabajar con los tramites matrimoniales.

–¿Cómo?

–Déjame hablar, por favor. Lo hice porque estaba convencida de que te casarías con Max.

–Oh, no...

–La semana pasada, cuando comprendí que no habría boda, les escribí otra vez y les dije que habías rechazado la oferta del señor Ransleigh. Pues bien... acabo de recibir respuesta de lord Woodbury.

–¿Woodbury? –preguntó con desprecio–. ¡Cuánto me habría gustado que papá se deshiciera de ese hombre!

–Fue uno de sus mejores amigos, Caroline –le recordó–. Y su propiedad de Mendinhall es muy próspera... es comprensible que a tu padre le pareciera la persona adecuada para cuidar de tus intereses.

–No niego que es un buen administrador, pero siempre se ha opuesto a que trabaje –dijo–. La última vez que nos vimos, me dijo que tengo que empezar a comportarme como una dama de mi posición y que no está bien que pase el día en los establos, codeándome con los criados y los cocheros.

Lady Denby se mantuvo en silencio, pero a Caroline no le extrañó. Seguramente estaba de acuerdo con Woodbury.

–¿Y bien? ¿Qué ha dicho?

Su madrastra suspiró.

–No te va a gustar. Ha sabido lo que pasó en Barton Abbey y ha llegado a la conclusión de que te ha afectado hasta el extremo de nublarte el juicio... desde su punto de vista, ninguna joven que esté en sus cabales rechazaría un matrimonio en circunstancias como esas. De hecho, cree que tu obsesión por los caballos te impide pensar con claridad y supone un riesgo para el buen nombre de la familia.

Caroline se quedó helada. Empezaba a temer lo peor.

–Ha hablado con los otros fiduciarios y los ha convencido para que vendan los establos. Dice que es lo mejor para ti.

–¿Vender los establos? ¿Vender mis caballos?

–Eso me temo, querida.

Caroline sacudió la cabeza, incapaz de creerlo. Lady Denby había heredado una parte de las propiedades de su difunto padre, pero el resto, incluidos los establos, el dinero necesario para mantenerlos en funcionamiento y Denby Lodge, era suyo.

–¿Puede hacerlo?

–No lo sé, la verdad... ¡Oh, lo siento tanto! Sé que esos caballos significan mucho para ti.

–No significan mucho; lo son todo... ¡Todo por lo que he trabajado durante años! –puntualizó, desesperada–. ¿Ya los ha vendido? ¿Puedo ver la nota?

Su madrastra se la dio y Caroline la leyó con rapidez.

–Por lo que dice, aún no ha hecho nada irreparable. ¡Encontraré la forma de impedir que los venda!

A pesar de su vehemencia, Caroline no tenía el convencimiento de poder conseguirlo. Durante la lectura del testamento de su padre, estaba tan deprimida y fuera de sí que no prestó atención a los detalles de la administración de la propiedad ni al alcance de las competencias de los fiduciarios.

—¿Qué vas a hacer? —preguntó lady Denby.

—Me iré a Londres a primera hora de la mañana y hablaré con el abogado de papá. El señor Henderson sabrá aconsejarme.

Su madrastra sacudió la cabeza.

—Lo siento muchísimo. Si hubiera sospechado que lord Woodbury era capaz de hacer algo así, jamás habría escrito esa carta.

Caroline le dio una palmadita en la mano.

—No es culpa tuya. Es evidente que Woodbury ya tenía intención de vender los establos, ha utilizado lo de Barton Abbey como excusa... En fin, será mejor que te deje. Debo hablar con Newman para que se encargue de todo mientras estoy en Londres —dijo con ansiedad—. Entre tanto, ¿podrías llamar a Dulcie y pedirle que haga mis maletas?

—Si vas a los establos, dile a John que prepare el carruaje.

Su hijastra sacudió la cabeza.

—No, iré en el coche del correo. Será más rápido.

—¿En el coche del correo? —dijo, espantada—. ¡Eso no sería apropiado! Si no quieres ir en nuestro carruaje, alquila otro.

—Tengo demasiada prisa... Pero no te preocupes por mí, Dulcie vendrá conmigo.

—¿Y dónde te vas a alojar?

—En casa de la prima Elizabeth.

—Puede que no esté en Londres...

—En tal caso, me alojaré en un hotel o pediré ayuda al señor Henderson para que me encuentre un lugar aceptable –replicó–. Y ahora, te ruego que me excuses. Tengo que hacer mil cosas antes de partir.

Caroline dio un abrazo a lady Denby, salió de la casa y corrió hacia los establos.

Ya había anochecido cuando terminó de hablar con Newman, el capataz, y de revisar el régimen de entrenamientos de los caballos.

—No se preocupe, señorita Caroline –dijo con afecto–. Su difunto padre, que en paz descanse, nos enseñó todo lo que hay que saber sobre caballos. Haremos lo que tenemos que hacer mientras usted va a Londres y hace... lo que tiene que hacer.

—Muchas gracias, Newman.

Él asintió y le dio una palmada en el brazo.

—Que tenga suerte.

Caroline sonrió para sus adentros cuando Newman la dejó a solas. Estaba acostumbrada a vivir en mansiones grandes, llenas de gente, pero siempre le asombraba que los criados lo supieran todo. Mantenían redes invisibles de comunicación, redes por las que, obviamente, Newman había recibido la noticia de lo sucedido en Barton Abbey y de los motivos que la obligaban a viajar a la capital.

Antes de volver a la casa, decidió despedirse de Sultán.

—No, mi buen amigo, esta vez no puedes acompañarme. Eres un buen caballo y no estás hecho para tirar de carruajes y romperte una pata en algún bache del camino... Aunque sé que me llevarías volando si te lo pidiera.

Mientras acariciaba al animal, se preguntó qué iba a ser de su vida si perdía los caballos. No tenía más familiares que lady Denby y Eugenia, ni más amigos que Harry. Al igual que su padre, se había contentado con su trabajo y ni siquiera intervenía en la administración interna de la mansión, que dejaba en manos del ama de llaves.

Los establos lo eran todo para ella. No había exagerado cuando le dijo a Henshaw que carecía de las habilidades propias de una dama. No sabía bordar ni cantar ni tocar instrumentos musicales. Solo sabía de caballos. Eran el centro de su existencia.

Y ahora, por culpa de Woodbury, estaba a punto de perderlos.

Ansiosa, desesperada y más cansada que nunca, cerró los brazos alrededor del cuello de Sultán y lloró.

Capítulo 11

Treinta horas más tarde, Caroline descendió de la calesa que había tomado al salir del despacho del señor Henderson y subió los escalones de la modesta casa de su prima Elizabeth. Era una de las pocas propiedades que no había perdido por culpa de su esposo.

Le dolía la cabeza. Había dormido mal, y el viaje a Londres había sido tan largo y agotador como de costumbre. Además, solo había descansado unos minutos, lo justo para saludar a su prima, intercambiar algunas palabras e informarle de su urgente misión antes de dirigirse al despacho del abogado.

Desgraciadamente, Henderson no le había sido de ayuda. Por lo visto, los fiduciarios tenían poder legal para vender las tierras o bienes que consideraran oportunos. En ese sentido, no había nada que hacer.

Cuando entró en la casa, el mayordomo le dijo que lady Elizabeth había salido un momento. Caroline estaba tan desesperada que se dirigió al pequeño estudio, tomó papel y escribió una carta a Harry, contándole todo.

Sin embargo, sabía que sería inútil. Incluso en el caso de que se animara a enviarla por correo. Aunque llegara a él y Harry se mostrara dispuesto a casarse con ella, sería demasiado tarde. Henderson también le había dicho que Woodbury se había dado prisa y que estaba a punto de cerrar la venta.

Iba a perder los establos.

Aquel hecho espantoso resonó en el vacío de su interior como un disparo en una cueva, pero no tuvo ocasión de lamentarse. Un criado llamó a la puerta y entró en el estudio para anunciarle que lady Elizabeth acababa de volver, de modo que se levantó y guardó la carta de Harry a toda prisa.

Tras dar un abrazo a su prima, se sentaron en el sofá.

–¡Hombres! –dijo Elizabeth con amargura–. Dirigen el mundo, redactan leyes y se comportan como si las mujeres fuéramos criaturas inútiles e incapaces de tomar decisiones sobre sus propias vidas. Que se lo queden todo si quieren...

–Al menos, tú tienes tu casa... He pensado que podría vivir contigo cuando esto termine. Si venden los establos, no podría quedarme en Denby Lodge.

–Por supuesto que puedes, Caroline. Ya no tengo tantos ingresos como antes, pero nos las arreglaremos.

–Bueno, el dinero no será un problema; sobre todo, después de la venta. Mis amables administradores han manejado tan bien mis negocios que no me faltará nada –ironizó–. Y huelga decir que lord Woodbury no se opondrá a que malgaste mi fortuna con caprichos femeninos... siempre que no haga lo único que me gusta hacer.

–Entonces, quédate conmigo. Seremos dos intelectuales excéntricas y nos dedicaremos a leer tratados científicos y a defender los derechos de las prostitutas y del resto de las mujeres trabajadoras, como Mary Wollstonecraft.

Caroline intentó sonreír, pero su mundo se estaba hundiendo y no tenía fuerzas ni para apreciar el sentido del humor de Elizabeth.

–Deberías pensártelo bien antes de ofrecerme tu casa. Recuerda que la alta sociedad me ha repudiado.

Su prima se limitó a reír.

–Ah, sí, ya he oído esa fantástica historia que lady Melross anda contando por ahí... ¿Tú, retozando en público para echar el lazo a un caballero? Eso es absurdo. Y en cuanto al señor Ransleigh, puede que sea un granuja, pero jamás se excedería con una dama en el invernadero de su tía. No, eso no es posible.

Elizabeth la miró con curiosidad, esperando una explicación más verosímil del suceso. Sin embargo, Caroline estaba demasiado cansada para dar explicaciones y respondió con un simple encogimiento de hombros.

–Está bien, si no quieres hablar... Dime, ¿no hay ninguna forma de estropearle los planes a lord Woodbury?

—Encontrar a un cazafortunas que esté tan desesperado como para casarse conmigo esta misma noche.

Elizabeth se estremeció.

—¡No bromees con esas cosas! Además, Woodbury te lo impediría.

—No puede. Soy mayor de edad. Y si estuviera casada, la administración de mi propiedad pasaría a manos de mi esposo, que podría cancelar la venta de los establos.

Elizabeth la miró con preocupación.

—Solo estás bromeando, ¿verdad? Tu marido se quedaría con el control de tus bienes y no tendrías más poder sobre ellos que ahora. Lo sé por experiencia —dijo—. Oh, si Harry no estuviera tan lejos...

Los ojos de Caroline se llenaron de lágrimas.

—Lo sé. Le estaba escribiendo hace un rato, aunque soy consciente de que no servirá de nada. Voy a perder los establos, Elizabeth. La venta se cerrará en cualquier momento.

—¿Tan pronto? Casi estoy por redactarte una lista de caballeros idóneos para ti.

—Le daría todas mis posesiones, no le pondría más condición que mantener el control de los establos. Pero con excepción de Harry, no conozco a ningún hombre que aceptara ese trato y cumpliera su palabra después de...

Caroline dejó de hablar. Acababa de caer en la cuenta de que conocía al hombre adecuado. Maximilian Ransleigh le había prometido literalmente que, si se casaban, podría dirigir los establos con su bendición.

Entusiasmada, agarró del brazo a su prima y dijo:
—Te llevas bien con los Ransleigh, ¿verdad?
—Por supuesto. Jane sigue siendo mi amiga. Ahora es lady Gilford, una de las mujeres más influyentes de la ciudad.
—Sí, sí, lo sé. ¿Sabes si está en Londres? ¿Podrías enviarle un mensaje?
—Supongo que sí... pero, ¿qué ocurre? Te has quedado tan blanca como si estuvieras a punto de desmayarte. Y me agarras el brazo con tanta fuerza que me haces daño.
—Oh, lo siento —Caroline la soltó—. Tengo que ponerme en contacto con su primo, Max Ransleigh. Esta misma noche, si es posible.
—¿Max Ransleigh? ¿El hombre que...?
—Exacto.
Elizabeth asintió. Había adivinado sus intenciones.
—¿Estás segura de lo que vas a hacer?
—Totalmente. Aunque después del escándalo que se ha organizado, no estoy tan segura de que lady Gilford me dé la dirección de Max.
—No es necesario que se la pidas. Tu amigo se encuentra en la capital. La semana pasada tomé el té con Jane y me dijo que había venido para hablar con el coronel de su antiguo regimiento —explicó.
—¿Sabes dónde se aloja?
—No, pero Tilly, mi doncella, lo puede averiguar. Una de sus amigas es ayudante del ama de llaves de lady Gilford.
—¿Puedes pedirle que vaya a verla de inmediato?

Elizabeth la miró fijamente.

–¿Estás realmente segura?

Caroline sintió pánico.

–A decir verdad, no. Ni tengo el convencimiento de que Max Ransleigh lo acepte, si es que lo puedo localizar... Pero es la única opción que me queda. Si no hago algo, venderán los establos de mi padre.

–¿Y si quiere tener hijos? Te recuerdo que, durante las dos últimas generaciones, todas las mujeres de tu familia por parte materna han fallecido en el parto... creía que tenías miedo a quedarte embarazada.

Caroline intentó apartar ese miedo de su mente.

–Max solo me ha visto en pantalones y con vestidos a cual más horrible. Quizás no quiera eso de mí... Además, tengo entendido que prefiere a las mujeres refinadas, y yo no encajo precisamente en esa descripción. Le daré permiso para que se acueste con quien quiera.

Elizabeth la miró con tristeza.

–Aunque busque el placer en otro lugar, querrá que seas suya. Como cualquier otro hombre, querrá un heredero.

–Puede que tengas razón, pero ya me preocuparé de eso más tarde, cuando haya salvado los establos.

–¿Y Harry?

Caroline sintió una punzada de angustia. Siempre había imaginado que, al final, se casaría con su viejo amigo y vivirían juntos, unidos por su amor a los caballos y por la camaradería que habían compartido desde la infancia.

—¿De qué le serviría a Harry si pierdo los establos? Y en cuanto a la posibilidad de quedarme embazada, ¿de qué me sirve la vida si no puedo tener lo único que amo? No, Elizabeth... tengo que actuar con rapidez.

Su prima frunció el ceño.

—No sé si tomas la decisión correcta, pero está bien. Hablaré con Tilly y le pediré que vaya a la mansión de lady Gilford.

Caroline abrazó a Elizabeth con todas sus fuerzas, dominada por sentimientos contradictorios de miedo, esperanza y desesperación.

—Yo tampoco lo sé. Pero, por favor, dile que se dé prisa.

Al otro lado del barrio de Mayfair, Max Ransleigh se estaba tomando un coñac con el coronel de su antiguo regimiento.

—Aprecio mucho su apoyo, señor.

El coronel Brandon asintió con firmeza.

—¡No se puede confiar en esos civiles del Foreign Office! Si se hubieran visto obligados a combatir en la guerra, tendrían mejor juicio sobre los hombres. La simple idea de que usted tenga algo que ver con un atentado contra Wellington es tan ridícula y absurda que cualquier soldado la desestimaría al instante.

—Aun así, supongo que no tengo derecho a quejarme de la actitud del Foreign Office. Al fin y al cabo, ni mi propio padre salió en mi defensa.

–Su padre es un político, Ransleigh... y los políticos son aún peores que los diplomáticos de nuestro servicio exterior. Comprendo que el ejercicio de la política es necesario, pero yo prefiero el campo de batalla.

–Tras mi experiencia en Viena, estoy de acuerdo con usted.

–Bueno, estoy seguro de que podremos encontrarle un puesto en el Departamento de Defensa. No obstante, debe saber que las aguas andan revueltas desde el suceso de esa joven... Yo no he creído esa historia en ningún momento, pero las cosas serían más sencillas si no se hubiera negado a casarse con ella. Sobre todo, después de lo de Wellington.

Max se sintió tan profundamente frustrado que sintió la tentación de contarle la historia y sacarlo de su error, pero el coronel Brandon no estaba interesado en sus excusas.

–Soy consciente de ello.

–Entonces, permítame insistir en que sus perspectivas mejorarían notablemente si se casara con la joven. O si encontrara a la mujer que os engañó en Viena.

–Tenía intención de buscarla cuando volví de Waterloo, pero en el Foreign Office me dieron a entender que no serviría de nada.

–En el Foreign Office prefieren ocultar los trapos sucios –declaró con sarcasmo–. Pero digan lo que digan, tengo el convencimiento de que encontrar a esa mujer lo ayudaría a recuperar su posición. Y quién sabe... puede que Wellington cambiara de opinión sobre usted.

—¿Lo cree posible? Recuperar su confianza significaría mucho para mí.

—La vieja rata es notoriamente intolerante con los errores de otras personas, pero las mujeres son su punto débil. Alguien lo podría inducir a pensar que usted hizo lo que debía como caballero; que estaba obligado a ayudar a una dama en apuros.

Max empezó a recobrar la esperanza.

—Si es así, mientras usted me busca ese puesto en el Departamento de Defensa, yo volveré a Viena y veré lo que puedo descubrir.

El coronel asintió.

—No estaría de más. Esos cretinos del Foreign Office han desperdiciado la oportunidad de contar con sus servicios. El Departamento de Defensa es un lugar mucho más adecuado para el hombre que lideró el contraataque que nos salvó en Hougoumont... si aquella granja hubiera caído, habríamos perdido la batalla y Bonaparte habría reconquistado Europa. Escríbame dentro de unas semanas y le informaré de mis progresos.

—Gracias, coronel. Estoy en deuda con usted.

Brandon desestimó sus palabras.

—Un oficial tiene la obligación de cuidar de sus hombres, Max. Lamento no haber regresado antes a Londres, porque no habría permitido que se quedara sin trabajo. Beber y coquetear con mujeres es ciertamente sano —Brandon le guiñó un ojo—, pero un hombre de su talento debería dedicar su tiempo a desafíos más importantes.

Max sonrió.

–No podría estar más de acuerdo, señor.

Tras despedirse de Brandon, Max se marchó. El optimismo del coronel le había dado el primer rayo de esperanza desde aquel día terrible en Viena, cuando el mundo que conocía estalló ante sus ojos como las ventanas de Hougoumont bajo la artillería francesa.

Por fin, después de un año entero de ocio obligado, tenía una oportunidad de retomar la carrera que tanto extrañaba.

Incluso era posible que recuperara el favor de Wellington.

Alegre y lleno de energía, se dirigió a su alojamiento de la calle Upper Brook. Como no podía ir a la casa de su familia, le había pedido a Alastair que le dejara la suya.

Cuando recobrara su posición, iría a ver a su madre con la cabeza bien alta. Su padre era cuestión aparte, porque el conde había dejado bien claro que no quería saber nada de él, pero a Max ya no le dolía tanto como antes.

Al llegar a la casa de Alastair, Max pagó al cochero, bajó del carruaje y caminó hacia la entrada. La noche era fría y tan estimulante como su renovada esperanza.

Estaba a punto de subir los escalones cuando algo se movió en la oscuridad. Sus reflejos, afilados por años y años de batallas, le hicieron sacar al instante el puñal que llevaba escondido en una de las botas.

—¿Quién está ahí? —bramó, preparado para atacar—. ¡Salga y déjese ver!

Una sombra caminó hacia él. Bajo la tenue luz de una farola, la persona que lo había estado esperando se quitó la capucha de la capa.

—¿Señorita Denby? —preguntó, sorprendido.

—Buenas noches, Max... Supongo que soy la última persona de Inglaterra que desearía ver, pero le ruego que me conceda unos minutos de su tiempo.

Max parpadeó, sin creer todavía que Caroline Denby estuviera realmente en la entrada de su casa. ¿Qué la habría empujado a buscar su domicilio y esperarlo en la calle, sola?

—No debería estar aquí, señorita. ¿Dónde se aloja? Si me da su dirección, le prometo que iré a verla mañana.

—Sé que esto es contrario a todas las normas sociales, pero no se preocupe por mí; como bien sabe, mi reputación ha caído tan bajo que no puede caer más —afirmó con humor—. Y en cuanto a esperar hasta mañana, me temo que no es posible... He venido por un asunto sumamente urgente.

—Está bien. En tal caso, acompáñeme.

El criado que abrió la puerta se quedó boquiabierto al ver a Caroline, pero Max le lanzó una mirada de advertencia y evitó que hiciera algún comentario inadecuado. Después, Max le pidió la vela con la que se alumbraba y llevó a su inesperada visita hasta uno de los salones de la parte trasera del edificio, para que los vecinos del otro lado de la calle no pudieran ver la luz.

Estaba muy enfadado. Los problemas de la señorita Denby eran lo último que necesitaba en ese momento, justo cuando el coronel Brandon se disponía a iniciar negociaciones para buscarle un cargo en el Departamento de Defensa.

La escucharía y la sacaría de allí tan pronto como fuera posible. Antes de que causara más daño.

Capítulo 12

Dividido entre la irritación y la curiosidad, Max intentó adoptar un tono razonablemente cordial con la señorita Denby.

−¿Y bien? ¿En qué la puedo ayudar?

Caroline respiró hondo.

−Cuando rechacé su oferta en Barton Abbey, me dijo que, si alguna vez cambiaba de opinión, se lo hiciera saber.

Max tragó saliva, con la sensación de que las palabras de Caroline eran un nudo que se cerraba sobre su cuello. Precisamente entonces, cuando estaba a punto de retomar su carrera, le iba a pedir que se casara con él.

−Sí, se lo dije. Y usted fue muy categórica en su negativa. Insistió en que solo se casaría con su amigo Harry.

−Es cierto, pero me he visto obligada a cambiar de planes.

Él entrecerró los ojos.

—¿Se puede saber por qué?

—Cuando mi padre murió, la administración de sus propiedades quedó en manos de un grupo de fiduciarios —respondió—. A mí no me pareció mal porque no interferían en la dirección de los establos, pero...

—Pero ahora interfieren.

Ella sacudió la cabeza.

—Es peor que eso. Me acaban de informar de que tienen intención de venderlos. Mi abogado me ha dicho que han encontrado un comprador y que, si nada lo impide, los establos dejarán de ser míos dentro de dos semanas.

A pesar de su incomodidad, Max decidió interesarse por los problemas de Caroline Denby. Sabía que los establos eran muy importantes para ella.

—¿Y no puede hacer nada? ¿Nada en absoluto?

Ella suspiró.

—Me temo que lord Woodbury, el administrador jefe, no ha aprobado nunca mi trabajo. Cuando el escándalo llegó a sus oídos y supo que me había negado a contraer matrimonio con usted, habló con los otros fiduciarios y les convenció de que yo no estaba en mis cabales y de que debían vender los establos por mi bien y por el de mi familia. Ahora solo hay una forma de impedir la venta. Tengo que...

—Tiene que casarse con alguien y transferirle sus bienes —la interrumpió.

Caroline asintió.

—Estoy realmente desesperada, Max. Le prometo que no acudiría a usted si tuviera otra salida... Solo puedo decir que, si quiere renovar su amable oferta, nuestro matrimonio le reportaría algunas ventajas.

Max guardó silencio.

—Sé que sus circunstancias ya son bastante desahogadas, pero soy una mujer rica. Si me garantiza el control de los establos y el dinero necesario para mantenerlos, le daré el resto de mi fortuna.

—No sé si la entiendo, señorita.

—Podrá hacer lo que quiera con mis bienes... Adquirir propiedades, comprarse un cargo más importante en el Ejército, invertir en Bolsa o viajar a Viena para encontrar a los conspiradores que atentaron contra lord Wellington. Todo lo que el dinero pueda comprar, será suyo.

Caroline tomó aire y siguió hablando, sin darle ocasión de intervenir.

—Nuestro matrimonio también le ayudaría a limpiar su reputación. De hecho, se me ocurre que podríamos extender el rumor de que nos conocíamos desde hace tiempo y de que teníamos intención de casarnos... de ese modo, dejaríamos en mal lugar a lady Melross. A nadie le extrañaría que el hijo del conde de Swynford no sintiera necesidad de justificar sus actos ante una mujer tan poco importante como ella.

La idea le pareció tan ingeniosa a Max que, a pesar del caos que era su mente en ese momento, rompió a reír.

—¡Brillante! ¡Una mentira tan audaz como verosímil!

—Tendríamos que pedir un permiso especial para

casarnos, pero eso tampoco sería un problema. Al fin y al cabo, muchos miembros de la aristocracia se casan de ese modo para evitar la publicidad.

Max sacudió la cabeza con admiración.

–¿Sabe que tiene talento para el engaño? Empiezo a creer que sería un político excelente.

Ella sonrió, pero enseguida bajó la cabeza, nerviosa.

–En cuanto a la intimidad...

–La escucho.

Caroline se ruborizó.

–Preferiría que nuestro matrimonio no se consumara en ese sentido. Usted no es el hijo mayor de sus padres, así que no tiene la obligación de darles un heredero. Además, ya me haría un favor más que suficiente al prestarse a esa farsa. No tengo derecho a esperar otra cosa, y sobra decir que no me opondría a sus relaciones con otras mujeres. Aunque si quiere ejercer sus derechos como marido... no me opondré.

Caroline volvió a respirar hondo.

–Ese es el trato que le ofrezco. No espero que tome una decisión ahora, pero necesito una respuesta en los próximos días. Los establos son todo lo que tengo, toda mi vida.

Max la miró a los ojos, que se le habían llenado de lágrimas y brillaban como diamantes a la luz de la vela. Tenía tantas preguntas que hacer que no sabía por dónde empezar. Pero antes de que tuviera ocasión de formular ninguna, ella suspiró otra vez y se levantó del sofá.

—Si su criado me acompaña a la cocina, saldré por la puerta de atrás –dijo–. No quiero que me vean sus vecinos y que usted termine en una posición delicada.

Ella intentó caminar hacia la puerta, pero estaba tan nerviosa que tropezó. Por suerte para ella, Max se levantó a toda prisa y detuvo su caída.

—Caroline, no se encuentra en condiciones de ir a ninguna parte. Venga conmigo y siéntese, por favor.

Max la sentó otra vez.

—¿Dónde está lady Denby?

—En casa –respondió.

—¿Es que ha venido sola?

Caroline sacudió la cabeza.

—No, he venido en compañía de Dulcie, una criada. Mi madrastra recibió la carta de lord Woodbury hace dos días. Partí hacia Londres a la mañana siguiente, en el coche del correo... He llegado esta misma tarde. Apenas he tenido tiempo de ver al abogado de mi padre y consultarle el asunto.

Max frunció el ceño.

—¿Ha venido en el coche del correo?

—Sí.

—¿Cuánto tiempo ha pasado desde la última vez que durmió?

Ella se frotó los ojos, como si estuviera realmente agotada.

—No lo sé. No lo recuerdo...

—¿Y desde la última vez que comió?

—Tampoco estoy segura. Como sabe, los coches del correo solo se detienen el tiempo justo para cambiar de caballos. Al llegar a Londres fui directamente al despacho del abogado. Después, me dirigí a la casa de mi prima Elizabeth y, por último, a la suya.

–Espere un momento, por favor.

Max abrió la puerta para ir a buscar a Wilson, el criado, pero no hizo falta, porque estaba en el corredor. Al parecer, los había estado escuchando.

–Traiga un poco de pan, queso y jamón –le ordenó con rapidez–. Más una jarra de agua para la señorita y un coñac para mí.

La señorita Denby protestó en cuanto cerró la puerta.

–No es necesario, Max... ya le he causado demasiadas molestias. Esperaré su respuesta en el domicilio de mi prima, en Laura Place.

–Olvídelo. No voy a permitir que salga por la puerta de atrás como si fuera una de esas carteristas de Whitechapel que acechan en las sombras. Pero dígame, ¿cómo ha llegado a mi casa? No habrá venido andando...

–No.

–Menos mal.

–Tomé un carruaje hasta Hyde Park e hice a pie el resto del camino. Me pareció lo más adecuado –explicó–. Si el carruaje se hubiera detenido delante de su puerta, habría llamado la atención.

Max sacudió la cabeza y suspiró. Mayfair era una de las zonas más tranquilas de Londres, pero la noche siempre era peligrosa para una joven sin acompañante.

–¿Siempre causa tantos problemas, Caroline?

—Me temo que sí.

—Pues sus paseos nocturnos se han terminado. Se quedará aquí, junto al fuego, y entrará en calor mientras sopeso lo que debemos hacer.

Caroline sonrió.

—Qué imperioso... como se nota que es hijo de un conde.

Él también sonrió.

—No es el hijo del conde quien habla, sino el oficial del Ejército.

—Ya sabía que no podía ser el diplomático —ironizó ella—. Son incapaces de tomar una decisión sin debatir durante varias semanas.

Wilson apareció un momento después con el refrigerio y miró a Caroline con curiosidad. Max le pidió que saliera a buscar un carruaje y le cerró la puerta en las narices. Seguramente, el pobre hombre no se había visto nunca en aquella situación. Aunque Alastair fuera un mujeriego redomado, su primo estaba seguro de que no recibía visitas femeninas después de la medianoche.

Tras asegurarse de que Caroline comía un poco, Max dijo:

—Veamos si lo he entendido bien. Me está pidiendo que me case de inmediato con usted y que me haga cargo de sus bienes para cortarle el paso a lord Woodbury. Yo me quedaría con su fortuna y usted con los establos.

—Correcto.

—Y por si eso fuera poco, permitirá que me acueste con quien quiera.

Caroline se ruborizó otra vez, pero asintió.

–Así es.

Max le dio la espalda un momento y sopesó la situación.

Aunque la propuesta de Caroline Denby le parecía atractiva por poco convencional, no tenía más deseo de casarse en ese momento que el que había tenido cuando el honor lo empujó a ofrecerle el matrimonio en Barton Abbey. Pero, por otra parte, Brandon le había recomendado que se casara para poner fin al escándalo.

Si se casaba con ella, limpiaría su buen nombre; especialmente, si se encargaba de que Jane hiciera circular la historia que la señorita Denby se acababa de inventar. Y, de paso, dejarían a la maliciosa lady Melross en ridículo.

Pero, sobre todo, serviría para limpiar la reputación de Caroline, quien a fin de cuentas no era más que otra víctima inocente de la bellaquería de Henshaw.

Como hombre de honor, no tenía más remedio que cumplir la palabra que le había dado en Barton Abbey. Max lo sabía perfectamente. E incluso pensó que el matrimonio con la señorita Denby tendría otras ventajas además de las económicas.

Por lo poco que se conocían, estaba seguro de que Caroline no lo aburriría nunca. No lo importunaría con las tonterías habituales de tantas damas ni lo condenaría a un sinfín de fiestas y actos sociales en la capital. Era una mujer inteligente, que sabía discutir y razonar como un hombre.

Además, la suya no sería una unión fría y de simple conveniencia, como la de sus padres. Quizás no tuvieran mucho en común, pero era obvio que se gustaban.

Se dio la vuelta y la miró. Caroline había dejado de comer y estaba con la mirada perdida, de modo que aprovechó la circunstancia para observarla con detenimiento. Su cara era una superficie suave, de pómulos altos y labios apetecibles, sobre la que se cerraba una melena rizada de la que, una vez más, se le habían escapado algunos mechones.

Max se preguntó qué pasaría cuando le quitara las horquillas. De repente, ardía en deseos de saber si la melena le llegaría a los pechos.

Al ver el espantoso vestido que se había puesto para la ocasión, se dijo que le podía regalar prendas mucho más adecuadas para su figura, prendas que se ajustaran como un guante a su cintura y a su exquisito busto.

La boca se le quedó seca.

Durante su estancia en Barton Abbey, había notado que Caroline era más hermosa de lo que parecía a simple vista, pero ahora, tras mirarla con calma, pensó que era una verdadera preciosidad.

En ella, las apariencias engañaban más que nunca. Acostumbrada a vivir con su difunto padre, quien la había educado como si fuera un varón, Caroline despreciaba sus atractivos femeninos hasta el extremo de que no parecía ser consciente del poder que tenía.

Pero él podía despertar y avivar ese poder.

Además, estaba llena de energía y determinación.

Lo demostraba con su pasión por los caballos, con la forma en que montaba y con su temperamento audaz, que la había llevado a cruzar Inglaterra en el coche del correo y a presentarse en su domicilio de Londres en plena noche, sin dudarlo un momento.

Y toda esa pasión podía ser suya. Por lo menos, en teoría, porque no se estaba ofreciendo a ser su amante, sino solo a cederle sus bienes en un acuerdo que, en última instancia, era puramente comercial.

¿Qué sentido tenía eso? ¿Cómo era posible que una mujer tan apasionada se prestara a un matrimonio sin pasión alguna? ¿Sería porque alguno de los clientes de su padre la había acorralado en los establos una noche y había abusado de ella, como intentó el rufián de Henshaw?

La idea bastó para enfurecerlo.

Sin embargo, se tranquilizó enseguida. Caroline era una mujer tan sincera que, si la hubieran violado y le hubieran robado la virginidad, se lo habría dicho.

En cuanto a él, no era capaz de abusar de nadie. Pero pensó que no merecía el apelativo de Max el Magnífico, una persona capaz de hechizar a cualquier mujer y de persuadir a cualquier hombre, si ni siquiera podía seducir a su propia prometida, a la joven llena de fuego que una vez, en Barton Abbey, le había confesado que se sentía atraída por él.

Entonces, tuvo una duda que enfrió su entusiasmo como una ola del Mar del Norte.

¿Le estaba ofreciendo un matrimonio sin pasión porque quería reservarse para su amigo Harry Tremaine? Max estaba dispuesto a arriesgar muchas cosas, pero no a que lo convirtieran en un cornudo.

–Me ofrece libertad absoluta si me caso con usted, ¿verdad? –dijo al fin, rompiendo el largo silencio.

Caroline lo miró con sorpresa.

–¿Lo pregunta porque tiene intención de aceptar mi oferta?

–Si la acepto, no seré tan generoso como usted con su conducta. Necesito que me sea fiel, Caroline –afirmó–. Piénselo bien, se lo ruego... ¿Qué pasará cuando su amigo Harry vuelva de la India?

–Le doy mi palabra de honor de que, si se casa conmigo, le seré absoluta y totalmente leal. No lo traicionaré jamás, en ninguna circunstancia. Ni siquiera por Harry.

Si Caroline hubiera sido otra mujer, Max no habría creído ni una palabra. Como necesitaba casarse, habría dicho cualquier cosa para salirse con la suya. Pero Caroline había sido sincera en todos los casos y le había demostrado que era digna de su confianza.

Se acordó de su forma de reaccionar cuando él rechazó su primera oferta. En lugar de hundirse, se había marchado sin una sola lágrima en los ojos. Se acordó de sus disculpas serenas cuando se volvieron a encontrar en el invernadero. Se acordó de que, antes de abandonar Barton Abbey, había insistido en hablar con Grace Ransleigh para exonerarle de lo sucedido.

No, definitivamente, Caroline Denby no era una

mentirosa. Estaba seguro de que cumpliría su promesa.

Resignado ante lo que estaba a punto de hacer, se acercó a su visitante, hincó una rodilla en el suelo y declaró:

–Señorita Denby, ¿me haría el honor de casarse conmigo?

Ella se quedó completamente desconcertada.

–¿Está seguro de lo que dice?

–Completamente. Y estoy dispuesto a que nos casemos de inmediato.

–¿Se va a casar conmigo? ¿De verdad?

Max sonrió, divertido y algo emocionado con la enormidad de su sorpresa.

–Si me quiere por esposo, sí.

–Pero...

Él arqueó una ceja.

–¿No será que es usted quien no lo tiene claro?

–¡No, no, en absoluto! –exclamó ella, reaccionando por fin–. Estoy encantada de aceptar su propuesta.

–En tal caso, ¿qué le parece si nos dejamos de tantas formalidades y nos tuteamos? A fin de cuentas, vamos a ser marido y mujer...

Esta vez fue ella quien sonrió.

–Me parece perfecto.

–Pues si ya has terminado, permíteme que te acompañe al domicilio de tu prima. Eres mi prometida, y no voy a permitir que viajes sola por las calles de Londres.

Caroline asintió.

–Si queremos casarnos pronto, tendremos que actuar con rapidez...

–No te preocupes, yo me encargaré de conseguir el permiso matrimonial. Aunque no es necesario que nos casemos con prisas.

–Pero lord Woodbury...

–Hablaré con él y con el resto de los administradores y les diré que estoy en contra de la venta de los establos. Estoy seguro de que, cuando sepan que nos vamos a casar, respetarán mis deseos.

–Ojalá tengas razón... hasta ahora, nunca han respetado los míos. Pero es posible que acaten los del hombre que se va a convertir en mi esposo.

–Sobre todo, porque ese hombre es el hijo de un miembro del Gobierno y no se atreverán a llevarle la contraria –le recordó–. Además, no quiero que nos casemos en secreto. Tu madrastra se llevaría un disgusto si no le informamos antes.

Los ojos de Caroline se iluminaron.

–Una vez más, tienes razón. Ha insistido tantas veces en que me case que se sentiría muy decepcionada si no pudiera asistir a la boda.

–Exacto... Y hablando de la boda, ¿dónde quieres que nos casemos? ¿En Denby Lodge? –preguntó.

–Preferiría que nos casáramos aquí, en Londres, en cuanto lleguen Eugenia y lady Denby. No me fío de lord Woodbury.

–¿Quieres estar presente cuando hable con él?

–Solo si lo vas a humillar.

Max sonrió de oreja a oreja.

–Eso está hecho.

Caroline lo miró con intensidad, preguntándose si estaba hablando en serio. Y cuando comprendió que hablaba en serio, dijo:

—Entonces, te acompañaré. Ha despreciado tantas veces mis opiniones que quiero ver cómo le bajas los humos.

—Descuida, no te volverá a despreciar.

Ella asintió.

—Gracias por ser tan considerado conmigo, Max. Sinceramente, prefiero que mi familia asista a la ceremonia. Así parecerá más... real.

—Será real en cualquier caso y con independencia de dónde la celebremos. Pero necesito estar seguro de que sabes lo que haces —dijo Max, pensando una vez más en su amigo Harry—. Cuando estemos casados, no podrás cambiar de opinión.

—Ni tú tampoco —puntualizó Caroline muy seria—. Solo espero que no termines por odiarme... ¿qué pasará si algún día te enamoras de otra mujer y no te puedes casar con ella porque ya estás casado conmigo?

—Bueno, creo que estaré más que satisfecho con nuestro acuerdo —declaró con calidez.

—Pues no se hable más. Haré todo lo que pueda para que no te arrepientas nunca de la decisión que has tomado hoy.

Max se inclinó y le dio un beso en la mano. Caroline se estremeció de tal manera que despertó su deseo y quiso probar su piel, tomar su boca, acariciarle los pechos y sentir sus pezones endurecidos.

Sin embargo, no era el momento más apropiado.

Su futura esposa estaba cansada y tenía demasiadas cosas en la cabeza.

Justo entonces, el criado reapareció con la noticia de que ya había encontrado un carruaje.

—Gracias, Wilson —Max se giró hacia Caroline—. Te llevaré a casa de tu prima. Necesitas descansar. No quiero que mi prometida llegue agotada al altar... si tienes ojeras, lady Melross diría que te he coaccionado.

—Estaré radiante. Aunque solo sea para molestar a esa arpía.

Max la llevó al carruaje con satisfacción. Había conocido a muchas mujeres, pero ninguna había despertado en él la combinación de deseo y curiosidad que le inspiraba la audaz y franca Caroline Denby.

De repente, cayó en la cuenta de que había aceptado un trato peligroso. Iba a contraer matrimonio con una mujer de quien se podía enamorar y, sin embargo, ella solo lo quería para salvar sus caballos.

Pero estaba seguro de que encontraría la forma de ganarse su afecto. Aunque no tenía el tacto necesario para conseguir una disculpa del Foreign Office, tenía tacto de sobra para conseguir que una dama no se arrepintiera de haberse casado con él.

Capítulo 13

Dos días después, Max recogió a Caroline en Laura Place y la llevó a las oficinas del señor Henderson, donde lord Woodbury debía reunirse con ellos en calidad de administrador jefe de Denby Lodge.

El abogado, a quien Caroline ya había informado de su intención de casarse, la saludó con calidez y trató a Max con la deferencia que se debía al hijo de un conde, pero sin mostrarse adulador. Tras felicitarlos por su compromiso, declaró:

—Doy por sentado que quieren hablar con lord Woodbury sobre el control de los bienes de la señorita Denby, ¿verdad?

—En efecto —respondió Max—. Pero eso no es tan urgente como hacerle saber que me opongo a la venta de los establos.

—¡Magnífica noticia! —exclamó el señor Henderson—. Aunque no es habitual que una mujer dirija un negocio como ese, confieso que lamenté profundamente la decisión de sus fiduciarios. La señorita Denby hace un gran trabajo con los caballos de su difunto padre. Me alegra que tenga intención de impedir la venta, señor Ransleigh.

–Los deseos de mi prometida son mis deseos –afirmó Max–. Y debo añadir que me ha hablado muy bien de usted... Si lo desea, me gustaría que trabajara con mis abogados para redactar nuestro acuerdo matrimonial. Como quizás sepa, nos queremos casar cuanto antes.

El abogado sonrió.

–Me honra, señor Ransleigh. Me pondré con ello inmediatamente. Y ahora, ¿los puedo acompañar a mi despacho? Lord Woodbury llegó hace unos minutos.

Max ofreció un brazo a su prometida, que lo aceptó.

Momentos después, Henderson los dejó a solas con lord Woodbury. El administrador, que no esperaba la presencia de Caroline, le lanzó una mirada de asombro, pero recuperó el aplomo y dijo:

–¡Ah, la feliz pareja! Permítanme que los felicite por su compromiso.

–Gracias –dijo Max–. Como le decía en mi nota, quiero que revisemos brevemente el status de la propiedad de la señorita Denby.

–Por supuesto... Señorita Denby, estoy seguro de que el señor Henderson la llevará a un lugar más cómodo mientras el señor Ransleigh y yo hablamos.

–No, prefiero que esté presente –replicó Max–. La señorita Denby está mejor informada que yo sobre los detalles del primer punto a tratar. Quiero que interrumpa la venta de los establos.

Woodbury tragó saliva.

—¿Desea quedarse con ellos?

—Deseo que las cosas sigan como están hasta que mi administrador y yo mismo tengamos ocasión de valorar los bienes de mi prometida.

—Es comprensible, señor Ransleigh. Aunque debo confesar que me sorprende... no sabía que estuviera interesado en los establos. Supuse que preferiría vendérselos al Gobierno.

—La señorita Denby los ha dirigido con gran habilidad durante años. No veo motivo alguno que justifique un cambio en su gestión.

Woodbury entrecerró los ojos, pero no se atrevió a llevarle la contraria. A fin de cuentas, estaba hablando con el hijo del conde de Swynford.

Tras un momento de silencio incómodo, dijo:

—Supongo que está en su derecho, señor Ransleigh.

—En efecto, lo estoy. Y no voy a permitir que mi prometida reciba desaires o insultos por parte de los hombres encargados de la administración de su herencia.

Woodbury asintió.

—Por supuesto que no.

—Lamento decir que me siento muy decepcionado con usted, señor.

—Pero...

Max alzó una mano para acallarlo.

—Aprecio sus esfuerzos en beneficio de Denby Lodge, pero tengo mis dudas sobre el carácter de un hombre capaz de herir despreocupadamente la delicada sensibilidad de una mujer que se encontraba bajo su protección.

Woodbury lo miró con desconcierto.

—¿Delicada sensibilidad? ¿Se refiere a... Caroline?

Caroline estuvo a punto de intervenir, pero Max le lanzó una mirada de advertencia. Ella suspiró, apretó los labios e intentó adoptar la imagen de una frágil dama en apuros.

—Tengo entendido que fue un buen amigo de sir Martin, señor.

—Lo fui.

—Pues dudo que sir Martin aprobara sus planes. ¿Pretendía despojar a su hija huérfana de unos establos en los que trabajaron juntos y que, en gran medida, son el único recuerdo que le queda de su difunto padre?

—Bueno, yo...

—Y por si eso fuera poco, también está la carta que escribió a mi prometida, una carta que incluía apreciaciones más que lamentables sobre ella. Me asombra que un caballero de su posición preste oídos a rumores difamatorios en lugar de investigar discretamente el suceso. ¿Acaso esperaba que el conde de Swynford repartiera folletos con detalles íntimos de su familia? ¿O que saliera personalmente al paso de un vulgar chismorreo?

—¡Pero si la propia lady Denby me escribió para decirme que no se iban a casar!

Max sacudió la cabeza.

—Me temo que no interpretó bien sus palabras. Lady Denby solo pretendía informarle de que no teníamos intención de casarnos en ese momento. Nuestra decisión de adelantar la boda fue posterior... Pero en cualquier caso, me llevé un gran disgusto cuando supe que iba a vender los establos de mi prometida a toda prisa y sin tener la decencia de consultármelo; un disgusto que, por cierto, mi padre comparte.

—¿Su padre? ¿El conde? —preguntó, claramente indignado.

—Supongo que hizo lo que le pareció mejor, pero...

—¡Por supuesto que sí!

—De todas formas, creo que debe una disculpa a la señorita Denby.

Woodbury abrió y cerró la boca varias veces. Era obvio que su indignación luchaba contra su prudencia mientras intentaba encontrar las palabras adecuadas.

—Mi padre, el conde, agradecería ese gesto —añadió Max.

La expresión de Woodbury era tan agria como la leche cortada, pero tragó saliva otra vez y se giró hacia Caroline.

—Discúlpeme si la he ofendido, señorita Denby. No era mi intención.

Ella asintió.

—Disculpas aceptadas, señor Woodbury. Hemos tenido nuestros desacuerdos, pero sé que solo buscaba lo mejor para Denby Lodge.

—Como su trabajo concluirá de todas formas cuando nos casemos, considérese aliviado de sus responsabilidades desde este momento –anunció Max–. El señor Henderson se encargará de los asuntos que puedan surgir antes de la boda. Gracias por todo, lord Woodbury. Y muy buenos días.

Max señaló la puerta y agitó la mano en la más regia de las despedidas.

Caroline pensó que ni el propio príncipe regente habría sido más desdeñoso. Woodbury les dedicó una reverencia, avergonzado, y se marchó como un colegial que acabara de recibir una reprimenda del director.

–¿Satisfecha? –preguntó Max entonces.

–Completamente. ¡Qué bien interpretas el papel de hijo de un conde cuando quieres! Hasta yo me he sentido intimidada.

–Es que estudié con un maestro...

–Pues mientes tan bien como yo. ¡Cómo se enfadaría tu padre si supiera que has apelado a su nombre para avergonzar a Woodbury...! Pobre hombre. Debo reconocer que, al margen de los establos, ha sido un buen administrador.

–Pero hirió la delicada sensibilidad de la mujer que se encontraba bajo su protección –ironizó él, usando las mismas palabras que había usado unos minutos antes–. Le causó tal dolor que tuvo que viajar a Londres y cruzar la ciudad de noche para ofrecerme el matrimonio e impedir la venta de esos caballos. Es una ofensa que no olvidaré.

Por primera vez desde la muerte de su padre, Caroline se sintió segura. Al enfrentarse a lord Woodbury, Maximilian Ransleigh había hecho algo más que dar una lección de retórica y poder, le había demostrado que estaba dispuesto a defender sus intereses, que se tomaba en serio su promesa de protegerla.

Se sentía tan agradecida que los ojos se le empañaron. De buena gana se habría arrojado a sus brazos y le habría dado un beso.

–Gracias por apoyarme, Max. Empiezo a pensar que mi decisión de ofrecerte el matrimonio ha sido la más inteligente de mi vida.

–Ahora estás bajo mi protección. Y te protegeré a toda costa.

Max tomó su mano y la besó. Ella bajó la vista, perturbada por su contacto.

–Intentaré... ser merecedora de tu protección.

Cuando volvió a alzar la mirada, los ojos de Max la atraparon. Caroline se sintió perdida. No podía hablar. No se podía mover. La atracción que había entre ellos se había vuelto más intensa desde su último encuentro en el invernadero de Barton Abbey. Era como si estuviera hipnotizada.

Justo entonces, la puerta se abrió. Henderson entró con unos documentos en la mano y Caroline se apartó rápidamente de Max.

–He empezado con el papeleo preliminar, señor Ransleigh. Si habla con sus abogados para que se pongan en contacto conmigo, el proceso será rápido –afirmó–. ¿Quieren que les sirvan un refrigerio antes de marcharse?

–Gracias, pero nos tenemos que ir. Permítame que

le vuelva a expresar mi gratitud por su consejo y por el apoyo que ha ofrecido a mi prometida.

Henderson inclinó la cabeza.

—Conozco a la señorita Denby desde que era una niña, es natural que desee honrar sus deseos y honrarla a ella.

El abogado lo miró con humor y añadió, para sorpresa de Caroline:

—Quién sabe. Puede que sea merecedor de semejante mujer, señor Ransleigh.

Lejos de sentirse ofendido, Max sonrió y le devolvió la reverencia antes de despedirse y acompañar a su prometida al carruaje.

Durante el camino de vuelta, Caroline empezó a ser verdaderamente consciente de que iba a contraer matrimonio. El asunto de lord Woodbury había ocupado sus pensamientos hasta el punto de que no había podido pensarlo bien, y se sorprendió entusiasmada y asustada al mismo tiempo.

¿Sería capaz de resistirse a los encantos de su esposo cuando fuera suya en cuerpo y alma? ¿Tendría la fuerza necesaria para ello? Ni siquiera estaba segura de que quisiera resistirse, pero sabía que, si esa era su intención, tendría que aprender a concentrarse en lo único que le devolvía el control de sus emociones cuando Max estaba a su lado: el miedo a quedarse embarazada.

Caroline suspiró y se dijo que, faltando tan pocos días para la boda, no tenía más opción que aprender deprisa.

Capítulo 14

Algo más de una semana después, Caroline se encontraba ante el espejo de una de las habitaciones de invitados de la casa de lady Gilford. Lady Denby estaba detrás, dando instrucciones a la criada que debía ajustarle las faldas del vestido de bodas, de color verde pálido.

Mientras intentaba dominar su ansiedad, Caroline observó su reflejo con ojo crítico. No recordaba haber llevado nunca un vestido tan bonito. Todos los años, en Denby Lodge, encargaba ropa a las modistas del pueblo, pero eran prendas más prácticas que bellas, y durante su estancia anterior en Londres, había elegido cortes y colores espantosos para alejar a sus pretendientes.

Esta vez era distinto. Quería llevar algo que, al menos, no hiciera arrepentirse a Max de su decisión de casarse con ella.

Pero, ¿la encontraría atractiva?

La inseguridad y el sentimiento de anticipación

hicieron mella en Caroline. Durante los escasos días transcurridos desde la visita al despacho de Henderson, no había avanzado nada en la aspiración de resistirse a los encantos de Max. Cada vez que la ayudaba a subir a un carruaje o la tomaba del brazo para subir una escalera, sentía un vacío en la boca del estómago y ansiaba su boca.

Cuanto más tiempo pasaba con él, más le gustaba. De hecho, empezaba a pensar que ni el miedo al embarazo le serviría de armadura emocional si su prometido decidía consumar el matrimonio en la cama.

Solo tenía una salida: casarse cuanto antes y dejarlo en Londres, ocupándose de sus asuntos, mientras ella volvía con sus caballos.

—Ya basta, Dulcie. Puedes irte —dijo lady Denby.

La criada se fue y lady Denby miró a su hijastra con reproche.

—¡Estás preciosa! ¡Aún no puedo creer que me engañaras con esos vestidos atroces! ¡Y pensar que lo achaqué al mal gusto...!

—Pero me has perdonado, ¿verdad?

—¿Cómo no te voy a perdonar? Vas a contraer matrimonio con el señor Ransleigh —afirmó—. Espero que seas muy feliz.

—Y yo espero hacerle feliz.

Lady Denby notó su nerviosismo y quiso tranquilizarla.

—Supongo que estás preocupada por la noche de bodas. A fin de cuentas, sabes mucho de caballos y muy poco de hombres y mujeres... Pero no hay motivo para la preocupación. Estoy segura de que el señor Ransleigh será delicado y cariñoso contigo.

—No estoy preocupada —replicó, con demasiada vehemencia.

Su madrastra la miró con afecto y le dio una palmadita en la mano.

—Tienes que superar tu miedo al embarazo, Caroline. Admito que algunas mujeres de tu familia tuvieron una experiencia desafortunada, pero sir Martin, tu padre, me dijo en cierta ocasión que tu madre siempre había sido de salud frágil. Eres joven y fuerte, no hay razón para que temas un final tan desgraciado. Y cuando tengas a tu primer hijo, te darás cuenta de que el peligro y las incomodidades merecieron la pena.

Caroline pensó que difícilmente merecerían la pena si fallecía en el parto, pero se lo calló.

—De todas formas, el señor Ransleigh querrá un hijo —continuó lady Denby—. No se lo puedes negar.

Como no quería dar explicaciones sobre los términos del acuerdo al que había llegado con Max, Caroline dijo:

—No, por supuesto que no.

Una vez más, se recordó que su futuro marido era hijo menor y que no estaba obligado a dar un heredero a su familia. Con un poco de suerte, se contentaría con sus relaciones extramatrimoniales y le ahorraría esa preocupación.

Al pensarlo, sintió un acceso de celos que la dejó desconcertada. A fin de cuentas, no tenía derecho a sentirse celosa; en primer lugar porque ella misma lo había animado a buscar placer en otras mujeres y, en segundo, porque no estaba dispuesta a ser suya en el sentido más íntimo de la palabra.

Suspiró y sacudió la cabeza. El simple hecho de que sintiera celos ante una situación que ni siquiera se había producido demostraba su incapacidad para controlar sus emociones en lo tocante a Maximilian Ransleigh. Un motivo más para casarse con rapidez y marcharse a Denby Lodge tan pronto como fuera posible.

–¡Estás preciosa, Caroline!

La voz de su hermanastra, que acababa de entrar en la habitación, sacó a Caroline de sus pensamientos.

–Gracias...

Eugenia se giró hacia lady Denby.

–Acabo de mantener una conversación maravillosa con lady Gilford y lady Ransleigh –les informó–. Lady Gilford dice que va a hablar contigo para ofrecerte que nos alojemos en su casa de Londres la primavera que viene, cuando me presente en sociedad. Así, Felicity y yo podríamos compartir la experiencia. ¡Es una mujer tan amable...!

–Me alegra que todo vaya a salir bien al final –intervino Caroline.

–¡Mucho mejor de lo que parecía cuando nos fuimos de Barton Abbey! Aunque siento pena por Harry, Caroline... Espero que no te sientas mal por tener que casarte con el señor Ransleigh, me cuesta creer que alguien se pueda sentir mal por casarse con un hombre tan guapo, encantador y poderoso, pero sé que Harry es tu mejor y más querido amigo.

Caroline intentó hablar con naturalidad.

−No te preocupes por mí. Estoy bastante satisfecha con Max.

La organización de la boda la había mantenido tan ocupada que se había olvidado de Harry, el amigo de la infancia al que estaba a punto de sustituir por un hombre cuya presencia bastaba para que su corazón se desbocara. Y aunque no quería pensar en ello, se sentía tan atraída por él que dormía poco, estaba permanentemente nerviosa y sentía pánico cada vez que imaginaba la noche de bodas.

¿Querría hacer el amor con ella? Y si lo intentaba, ¿sería capaz de resistirse a él?

Todo habría sido muy diferente si, en lugar de comprometerse con Maximilian Ransleigh, se hubiera comprometido con el cariñoso y tranquilo Harry Tremaine. Pero Harry no sería su esposo al final del día. Harry era el pasado. Había tomado una decisión y no tenía más remedio que asumir sus consecuencias.

Un momento después, lady Gilford abrió la puerta y declaró:

−¿Nos vamos? Max y el sacerdote nos esperan.

Max estaba en la nave central de la iglesia de Saint George, en Hanover Square, intentando dominar sus nervios. Pensaba que se arrepentiría de haberse comprometido con Caroline Denby, pero no se arrepentía en absoluto. En cambio, lamentaba no haber hecho ningún progreso en su intención de seducirla.

A decir verdad, Caroline se había mostrado más asustadiza que nunca durante los días anteriores. Max no estaba seguro, pero suponía que tendría miedo. A fin de cuentas, era una joven virgen y sin experiencia alguna en el amor, que, a diferencia de él, solo podía hacer conjeturas sobre lo que ocurría en la intimidad. Estaba tan tensa que, cuando la tomaba del brazo, se sobresaltaba como un potro ante una silla de montar.

Sacudió la cabeza y se rio. ¿De verdad creería que la iba a arrastrar a un dormitorio y la iba a montar como un semental a una yegua, sin consideración hacia sus temores e incomodidades de primeriza?

La puerta de la iglesia se abrió. Max esperaba ver al sacerdote, y se llevó una sorpresa al distinguir la figura de su padre, el conde de Swynford.

Por fortuna para él, la puerta estaba tan lejos del altar que tuvo tiempo para ordenar sus pensamientos antes de saludar al hombre con el que no había hablado desde que lo echó de su casa. Su padre sabía que iba a contraer matrimonio porque le había enviado una nota más bien seca para informarle.

—Buenos días —dijo Max—. No esperaba que vinieras.

—No me quedaré a la celebración, pero me ha parecido que debía asistir para que la gente sepa que apruebo tu boda. Veo que tienes talento para librarte de los escándalos... Has logrado convencer a todo el mundo de que la señorita Denby y tú estabais comprometidos cuando lady Melross os encontró. Espero que dieras las gracias a tu tía y a lady Gilford por dar publicidad a semejante mentira.

–Por supuesto que se las di. Aprecio sinceramente los esfuerzos de las pocas personas que se han dignado a ayudarme –declaró con sarcasmo.

Su padre frunció el ceño.

–¿A qué viene eso, Max? ¿Insinúas que no he hecho nada por ayudarte?

Max no dijo nada.

–Recuerda que, cuando se produjo tu lamentable percance de Viena, yo estaba en mitad de unas negociaciones extremadamente delicadas que...

Su hijo alzó una mano.

–Lo comprendo, padre.

–Bueno... en cualquier caso, creo que has elegido bien. Los contactos políticos de la familia Denby no te serán de mucha utilidad después del fiasco de Viena, pero al menos te vas a casar con una mujer rica. Y como bien sabes, la sociedad perdona rápidamente a los ricos.

Max se sintió ofendido con el comentario, pero no quería discutir con su padre el día de la boda, así que se contuvo y dijo:

–Me alegra que apruebes mi elección.

–Espero que la dejes en el campo, lejos de la capital. No recuerdo que me la presentaran durante su estancia en Londres, pero Maria Selfridge afirma que sus habilidades sociales son escasas y que no tiene más virtudes que una buena familia y una buena dote.

Max arqueó una ceja, molesto.

–¿En serio? Es curioso, porque yo la encuentro inteligente y encantadora. Pero no te preocupes, padre... seguramente viviremos en Denby Lodge, su propiedad de Kent, a la que se siente muy apegada.

Su padre asintió.

–Sabia decisión. Vivir uno o dos años lejos del bullicio, tener hijos y dejar que el recuerdo del escándalo se apague... Para entonces, si todo va bien, te podré encontrar un trabajo.

–No es necesario, padre. Estoy seguro de que el lacayo con el que trabajas ahora tendrá un rendimiento aceptable, porque de lo contrario lo habrías despedido como a mí. Además, el coronel Brandon va a solicitar que me admitan en el Departamento de Defensa –le informó con voz lacónica–. Y, ahora, te ruego que me disculpes... tengo que hablar con el sacerdote. Está tardando demasiado.

Max se despidió y salió en busca del sacerdote, aunque solo era una excusa para quedarse a solas y retomar el control de sus emociones. Le temblaban las manos y respiraba con dificultad. Por lo visto, estaba lejos de superar la decepción, el dolor y el resentimiento que la traición de su padre le había causado.

Cuando Caroline entró en la iglesia, Max olvidó su enfado y todo lo demás. Ya sabía que era atractiva, e incluso había supuesto que llevaría un vestido más favorecedor que los de Barton Abbey. Pero nada lo había preparado para la mujer absolutamente encantadora que vieron sus ojos.

El sol que entraba por la puerta principal la rodeaba con una especie de aura y daba un tono aún más intenso a su cabello rojizo. Las largas faldas de su vestido, de color verde pálido, caían sobre sus caderas y sus piernas sin ningún adorno sobrante, y el escote bajo, de moda en Londres, ofrecía una vista decididamente deliciosa de sus redondeados senos.

Al ver a su prometido, Caroline se detuvo un momento y se agarró con más fuerza al brazo de lady Denby. Él lo notó y pensó que no se iba a casar con una criatura hecha para bailes, reuniones sociales y conversaciones intranscendentes, sino con un alma pura cuyos actos demostraban que era lo que parecía ser: una mujer ferozmente independiente, con una energía salvaje que le volvía loco.

Max sintió el deseo de devorarla.

Pero sabía que tendría que esperar un poco más. Si es que Caroline estaba dispuesta a llegar tan lejos.

—¿Están preparados? —preguntó el sacerdote.

Max tomó de la mano a Caroline y la miró. Parecía nerviosa.

—¿Seguimos adelante?

A Max no le habría extrañado que su respuesta fuera negativa, pero ella respiró hondo para armarse de valor y asintió.

—Sí. Estoy preparada.

—Entonces puede empezar, padre Denton.

Durante los minutos siguientes, Caroline sufrió una transformación extraordinaria. La novia nerviosa desapareció y surgió una dama serena y mucho más adorable de lo que Max habría imaginado, que pronunció sus votos con voz tranquila.

Por fin, el sacerdote los declaró marido y mujer y los llevó a una pequeña sala para que firmaran en el registro de la parroquia.

–Bueno, ya está hecho –dijo ella.

–Estás preciosa, ¿sabes?

Caroline ladeó la cabeza y lo observó con detenimiento, intentando averiguar si su cumplido era sincero.

–¿Lo dices en serio?

–Sí.

Ella sonrió.

–Gracias... Por cierto, ¿quién era el hombre que nos miraba con expresión tan sombría? ¿Tu padre?

–Eso me temo.

–Yo pensaba que no aprobaba nuestro matrimonio –comentó–. ¿Asistirá a la celebración?

Max sacudió la cabeza.

–Por suerte, no. Si hubiera sabido que tenía intención de venir, te lo habría dicho. Yo he sido el primer sorprendido al verlo.

Ella se encogió de hombros.

–A decir verdad, estoy más nerviosa ante la perspectiva de conocer a tu madre. Tengo miedo de que me acorrale en alguna esquina y me interrogue hasta descubrir cómo es posible que una jovencita de provincias se haya casado con su hijo.

–No te preocupes por eso. Mi tía Grace le ha contado lo que pasó en Barton Abbey. Además, mi madre solo quiere que yo sea feliz... y como ahora eres mi esposa, también querrá que tú seas feliz.

Caroline lo miró con escepticismo, pero no tuvo tiempo de replicar. Lady Gilford se acercó a ellos y les dio un abrazo a cada uno.

—¡Una boda espléndida! ¿Qué os parece si volvemos a la casa? Los invitados llegaran pronto —dijo.

Caroline se estremeció.

—¿Son muchos? Mi madrastra me aseguró que sería una celebración modesta.

—No, solo estarán algunos familiares cercanos y unos cuantos amigos. Me pareció lo más oportuno.

—Menos mal... si somos pocos, habrá menos rumores —ironizó la flamante señora de Maximilian Ransleigh.

Lady Gilford soltó una carcajada.

—¡Al contrario, querida mía! Como solo estaremos *la crème de la crème*, los demás insistirán en que les cuenten todos los detalles para poder hablar de la boda como si también los hubieran invitado. Seremos la comidilla de Londres.

—En el mejor de los sentidos, espero.

—Por supuesto que sí. No quiero parecer arrogante, pero tengo mucha influencia. La gente aprobará lo que mis amigos y yo hemos aprobado... sobre todo ahora, cuando Max se ha decidido a casarse con una mujer tan encantadora e inteligente.

—Y tan bella —dijo Max.

—Y rica —intervino Caroline con humor—. Nadie podría negar que has tomado la decisión más sensata al casarte conmigo.

Max estaba tan concentrado en su flamante esposa que no vio a su padre hasta que el sonido de su voz le sobresaltó.

–Felicidades, señora Ransleigh. Y bienvenida a la familia –dijo el conde.

–Gracias, señor... por su amabilidad y por haber asistido a la ceremonia.

–Quería que todo Londres supiera que apruebo la decisión de mi hijo.

–Esta decisión en concreto, querrá decir.

Todos se quedaron helados ante el comentario sarcástico de Caroline. El conde era famoso por su mal genio, y hasta el propio Max se puso en tensión y se apresuró a buscar la forma de evitar un conflicto.

Pero no fue necesario. El conde asintió con una sonrisa fría y respondió:

–Porque en este caso no hay discusión posible. Ha hecho lo mejor.

–Me alegra que lo crea así. Y estoy segura de que su hijo está tan contento como yo por tenerlo entre nosotros... pero tengo entendido que sus obligaciones le impiden asistir a la celebración, de modo que será mejor que nos despidamos. Buenos días, señor. Y una vez más, muchas gracias por venir.

Max se quedó atónito. Caroline acababa de echar a su padre con tanta tranquilidad como sutileza, pero el conde debió de encontrarlo divertido, porque lejos de enfadarse, arqueó una ceja, le besó la mano y se fue.

En cuanto se quedaron a solas, Max se sentó con ella en un banco y dijo:

—Ten cuidado con mi padre. Es muy vengativo.

Ella se encogió de hombros.

—Tu padre no tiene poder para vender mis establos, así que no me da miedo. Además, su aprobación no significa mucho para mí... y como ahora vas a disponer de mi fortuna, tú tampoco lo necesitas –le recordó.

Max sonrió.

—Eso es cierto.

—De todas formas, no tenía más remedio que aprobar nuestro matrimonio. Habría quedado muy mal si se hubiera negado a bendecir la unión entre su hijo y una joven rica y de linaje noble... Perdóname si he sido brusca con él, pero no olvido que se negó a ayudarte cuando más lo necesitabas; algo inadmisible desde mi punto de vista, porque creo que la familia es lo más importante.

—Bueno, ser su hijo me ha proporcionado muchas ventajas –declaró Max en defensa del conde de Swynford.

—No lo dudo, pero no movió un dedo por ti. Te retiró su afecto y su lealtad. Te dejó solo en el peor de los momentos.

Max la miró con humor.

—Pero tú no me dejarás solo...

—Por supuesto que no –dijo con vehemencia–. Seré fiel a los votos que he pronunciado.

Max se sintió emocionado y hasta sorprendido con su declaración. Cuando había visto a su padre en la iglesia, pensó que tendría que defender a Caroline del conde, pero al final, ella lo había defendido a él.

–Sé que ansías su aprobación, Max; a fin de cuentas es tu padre. Sin embargo, ya no eres una marioneta condenada a bailar cuando tire de los hilos. Ahora eres rico y cuentas con la amistad de un hombre como el coronel Brandon, que no se encuentra bajo la influencia del conde. Ahora eres su igual.

–Vaya, no sabía que fueras tan feroz... Recuérdame que no te lleve nunca la contraria.

Ella sonrió.

–Sí, supongo que soy algo apasionada con las cosas que me importan.

–Como tus caballos.

–Y tu futuro. Pero no creas que desapruebo totalmente la actitud del conde. Si te hubiera apoyado como debería, no habrías ido a Barton Abbey y no me habrías rescatado de Henshaw y Woodbury.

–De lo cual me alegro enormemente.

Al salir de la iglesia, subieron a un carruaje que los llevó a la casa de lady Gilford. Max seguía asombrado con Caroline; sabía que su flamante esposa era una mujer excepcional, pero el enfrentamiento con el conde le había demostrado que, además, era valiente y profundamente leal con los suyos.

–Bueno, ya estamos aquí –dijo ella cuando llegaron–. Espero que lady Gilford fuera sincera al afirmar que solo estarán unos cuantos familiares y amigos.

Max la ayudó a bajar del carruaje.

–No te preocupes por eso. Si has sido capaz de enfrentarte a mi padre, eres capaz de enfrentarte a cualquiera.

Caroline le dedicó una sonrisa compungida.

–No creas. Solo soy valiente cuando estoy enfadada –le confesó–. Si tu familia y tus amigos no se dedican a criticarte a ti o a criticar mis establos, se encontrarán con la mujer tímida de siempre. Me comunico mejor con los caballos.

–Pues diles que relinchen.

Caroline se rio y Max la acompañó al interior de la casa.

Capítulo 15

Los recién casados se detuvieron en el umbral del salón para que el mayordomo pudiera anunciar su llegada. Tras el aplauso posterior, Caroline pensó que lady Gilford había dicho la verdad; seguramente no había más de treinta personas en una habitación tan espaciosa que probablemente podía haber albergado al doble de invitados.

Su anfitriona se acercó a ella y le presentó a sus amigos y familiares. Caroline fue amable con todos y hasta logró mantener la compostura cuando llegó el momento de enfrentarse a la madre de Max y a su tía, la señora Grace Ransleigh. Tenía miedo de que se mostraran frías con ella, pero las dos estuvieron encantadoras.

–Reconozco que al principio desconfié de ti –le confesó la señora Ransleigh–, pero tu insistencia en limpiar el buen nombre de mi sobrino despejó todas mis dudas. Espero que seas muy feliz con él.

–Y yo espero hacerle feliz.

La señora Ransleigh miró a Max.

—Estoy convencida de ello. Aunque no sé si Max es consciente de la suerte que tiene...

—Lo soy, tía —Max tomó del brazo a su esposa—. Y estoy deseoso por saber hasta qué punto soy afortunado.

Caroline se ruborizó y replicó algo incoherente. Después, Max se puso a hablar con su madre y ella se encontró cara a cara con Alastair, que la miró con abierta desaprobación.

—Señor Ransleigh... es una suerte que haya podido venir. Estoy segura de que mi esposo se alegrará mucho al verlo.

Él arqueó una ceja.

—Pero usted no se alegra tanto, claro.

Ella se encogió de hombros.

—Sospecho que nuestro matrimonio no cuenta con su aprobación, pero no puedo hacer nada al respecto —declaró con sinceridad—. Sin embargo, sé que el tiempo demostrará que solo deseo lo mejor para su primo.

Él inclinó la cabeza.

—Una respuesta muy inteligente, señora. No obstante, debe saber que Max tiene tres primos que han cuidado de él desde la infancia y que le serán leales hasta la muerte. Si lo traiciona, tendrá que vérselas con los tres.

Caroline se rio.

—¿Cree que me va a asustar? Sé que no tiene buena opinión de las mujeres, pero créame, no todas estamos cortadas por el mismo patrón. Además, las apariencias engañan... como demuestra el injusto trato que recibió mi esposo en Viena, tras el intento de asesinato de lord Wellington.

–En eso estamos de acuerdo.

Max se dio la vuelta en ese momento y se puso a charlar animadamente con su primo. Mientras los miraba, Caro sonrió. Se profesaban un afecto tan profundo que, conociendo la triste historia de Alastair Ransleigh, decidió perdonarlo por desconfiar de ella.

Pero había sido una semana larga y agotadora, así que se sintió enormemente aliviada cuando los invitados se empezaron a marchar.

Durante un momento de debilidad, sintió la tentación de subir al dormitorio de Eugenia y escuchar sus historias hasta quedarse dormida. Sin embargo, había hecho un trato con Max y no tenía más remedio que cumplirlo. Pasaría la noche con su esposo en la suite nupcial del hotel Pultney.

Minutos más tarde, él la tomó del brazo y la acompañó a la salida tras dar las gracias a lady Gilford. Cuando subieron al carruaje que los estaba esperando, Caroline intentó mostrarse amable y darle conversación, pero su valor había desaparecido de repente y estaba tan nerviosa que se sintió avergonzada.

Max notó su nerviosismo, y como sabía que estaba directamente relacionado con la noche de bodas, derivó la conversación hacia cuestiones menos inquietantes para ella.

–Tengo que pedirte disculpas... He estado tan

ocupado con los detalles de este día que no he pensado en la luna de miel. ¿Quieres que salgamos de viaje? Aunque lamento decir que no conozco tus gustos al respecto. ¿Te gustaría ir a Roma? ¿O tal vez a Suiza, a las montañas?

–¿Tú has estado allí?

–Por supuesto. Conozco bien el continente. Tuve ocasión de viajar mucho durante mi estancia en Viena –explicó.

–¿Y qué es lo que más te gusta de Roma?

Por suerte para Max, la ciudad italiana le parecía tan fascinante que se la pudo describir con gran entusiasmo. Caroline lo escuchó con atención y lo interrumpió un par de veces con dudas y observaciones propias.

–Bueno, basta ya de descripciones... –declaró él al cabo de un rato–. ¿Quieres conocer la ciudad?

–Puede que algún día. De momento, prefiero volver a Denby Lodge tan pronto como sea posible. Como tal vez recuerdes, se acercan las ventas de invierno y...

Antes de que pudiera terminar la frase, el carruaje se detuvo ante la entrada del hotel Pultney. Max bajó y esperó a que ella descendiera. Caroline estaba más nerviosa que nunca, pero le puso una mano en el brazo y le siguió al interior.

Capítulo 16

Intensamente consciente del hombre poderoso y viril que estaba a su lado, Caroline apenas pudo responder de un modo mecánicamente cortés al director del establecimiento, que les dio la bienvenida. Y sus nervios empeoraron cuando un botones los acompañó a la suite, los dejó en un elegante salón y se fue.

Tensa, Caroline notó que Dulcie había dejado su equipaje en el vestidor adjunto al salón, y que la puerta que se abría en el extremo contrario daba a un dormitorio enorme con una cama igualmente gigantesca.

Su mente se llenó de imágenes. Vio las fuertes y cálidas manos de Max mientras le quitaban el vestido y vio su cuerpo desnudo a la luz de las velas.

Se sintió tan incómoda que apartó la mirada de la cama y miró a su esposo.

–¿Te apetece una copa de vino?

–Sí, gracias.

Caroline no sabía lo que quería. Su cuerpo ardía

en deseos de que Max incumpliera el trato y ejerciera sus derechos conyugales. Quería que la llevara al dormitorio, que la tumbara en la cama y que la cubriera de besos y caricias. Pero otra parte de ella sentía pánico y le decía que debía impedirlo a toda costa, porque si se dejaba llevar, estaría perdida.

Esperando que Max tomara una decisión con rapidez y le ahorrara la tortura de no saber, se acercó al sofá y se sentó en el borde. Él sirvió dos copas de vino y le dio una antes de acomodarse a su lado.

–Antes de llegar, me estabas diciendo que querías ir a Denby Lodge...

–Así es –replicó, terriblemente consciente de su cercanía física–. El mercado de invierno se abre el mes que viene y tengo mucho trabajo que hacer.

–Ya me lo imagino.

Caroline bajó la mirada.

–No es necesario que me acompañes, Max. Eres un hombre acostumbrado a vivir en grandes capitales, un hombre que ha participado en negociaciones donde se decidía el destino de Europa y que luchó contra Napoleón en Waterloo... No espero que te contentes con perder el tiempo en un criadero de caballos de Kent.

Mientras hablaba, Caroline se dio cuenta de que no quería dejarlo atrás. Disfrutaba de su compañía, aunque la volviera tan loca de deseo que no podía pensar con claridad. La vida sin Maximilian Ransleigh sería menos vital y apasionante.

–¿Me echarías de menos si no te acompañara? –preguntó él en voz baja.

—Te echaría de menos, sí. Pero te di mi palabra de que no interferiría en tus cosas y estoy decidida a cumplirla.

—Comprendo... ¿Permitirás al menos que te lleve a Denby Lodge? ¿O prefieres que no me vean tus vecinos?

La pregunta de Max le pareció tan absurda que rompió a reír.

—¡Qué tontería! ¡Me siento tan orgullosa de ti que te presentaré a todo el vecindario! —afirmó con una sonrisa—. Se llevarán una gran sorpresa al saber que Caroline Denby, la joven que siempre lleva barro en los faldones, se ha casado con el hijo de un conde... Me temo que algunas de las damas del pueblo comparten la opinión que lord Woodbury tiene de mí.

—¿Quieres que me muestre aristocráticamente imperioso y los aplaste? —bromeó.

—No merece la pena, los aplastarías con un solo dedo. Aunque a ti te tratarán muy bien... aunque estemos casados, las mujeres con hijas en edad de casarse las echarán en tus brazos para que coqueteen contigo y puedan decir que conocen a tu familia cuando vayan a Londres.

Para horror de Caroline, la posibilidad de que las rubias hermanas Deversham o la morena Cecilia Woodard coquetearan con Max le provocó un ataque de celos. Y no serían las únicas de las que tendría que preocuparse. Si dejaba a su marido en la capital, habría montones de mujeres dispuestas a ofrecer sus favores al hijo de un conde cuya esposa se mantenía convenientemente a distancia.

Por primera vez, pensó que alejarse de Max era un error, pero desestimó la idea. Él no era suyo. Al fin y al cabo, le había propuesto un trato que incluía la libertad de mantener relaciones con quien quisiera.

–Bueno, si mi desdén no basta para disuadirlas de que se acerquen a mí, tendré que interpretar el papel de hombre profundamente enamorado de su esposa.

La boca se le quedó seca a Caroline. Sintió pánico y se quedó atrapada en la intensidad de su mirada, más consciente que antes de la cercanía del dormitorio.

Supo que se acercaba el momento de rendirse a él o de rechazarlo, de elegir entre los deseos de su cuerpo y los deseos de su mente, que se aferraba al temor a quedarse embarazada como si la vida le fuera en ello.

Abrió la boca para decir algo, pero se había quedado sin palabras y, además, pensó que ya no podía retrasar lo inevitable.

¿La tomaría? ¿Ejercería sus derechos como marido?

Estaba a punto de descubrirlo.

Capítulo 17

Caroline se sobresaltó cuando Max la tomó de la mano, pero en lugar de levantarla del sofá y llevarla al dormitorio, él rompió el contacto y dijo con suavidad:

–Como sabes de caballos, estoy seguro de que habrás pensado frecuentemente en los encuentros de los sementales y las yeguas, y como estas últimas que no parecen disfrutar en exceso del suceso.

Ella se ruborizó, pero mantuvo la compostura.

–No, no parece que lo disfruten.

–Yo no estoy tan seguro de que sea así, pero tú sabes más de caballos –afirmó–. ¿Sabes tanto de hombres?

–No –le confesó–. Pero pensaba que eso era bueno; pensaba que los caballeros quieren que las mujeres lleguen vírgenes al matrimonio.

–Y en general, es verdad. Sin embargo, tiene sus desventajas... al carecer de experiencia, no tienes más opción que creer ciegamente en mi palabra de que las relaciones entre hombres y mujeres no se reducen a lo que tú has observado en los establos. Pueden ser dulces, cariñosas, cálidas.

Ella asintió y se dejó llevar por las imágenes que se agolpaban en su mente. Estaba loca por hacer el amor con él, pero, al mismo tiempo, también estaba aterrorizada por las posibles consecuencias.

Dividida, se volvió a sobresaltar cuando Max la tocó de nuevo.

–Estás tan tensa como imaginaba. Relájate, Caroline... Te prometo que nunca te haré daño. Me crees, ¿verdad?

Ella asintió y derramó una lágrima solitaria que él le secó con el dedo y que aumentó su sentimiento de vergüenza. Se estaba comportando como las titubeantes y débiles damiselas de la alta sociedad que tanto detestaba. Incluso consideró la posibilidad de confesarle su temor al embarazo, pero no se atrevió porque tenía miedo de que lo encontrara ridículo o, peor aún, de que sintiera lástima por su cobardía.

Además, el hecho de que Max no hubiera expresado deseo alguno de tener descendencia no significaba que no la quisiera tener. La única solución que veía era retrasar el momento de la consumación.

–Caroline, cariño mío... No pensarás que soy capaz de hacerte daño...

Caroline sacudió la cabeza.

–No, en absoluto.

Él suspiró con alivio.

–Menos mal. Entonces, cree también que te respeto profundamente y que, a pesar de que te deseo con toda mi alma, jamás te obligaría a mantener relaciones íntimas conmigo. Nunca tomaré lo que no estés dispuesta a dar.

Ella también suspiró.

–Gracias.

–¿Nos damos un beso para sellar el trato?

Caroline lo miró con incertidumbre. ¿Le estaba ofreciendo un simple beso? ¿O un preludio de algo más?

Sin embargo, Max le acababa de prometer que no la forzaría en ningún caso, y, por otra parte, se sentía lo suficientemente fuerte como para impedir que un beso cariñoso se transformara en otra cosa. Quizás fuera mejor que dejara de preocuparse por lo que pudiera pasar y se limitara a disfrutar del momento.

–Está bien –contestó.

Caroline alzó la barbilla y cerró los ojos, esperando. Poco después, notó el calor de su aliento en las mejillas y se llenó de impaciencia, dominada por un sentimiento de anticipación casi insoportable.

Luego, al ver que no pasaba nada, abrió los ojos y lo miró con desconcierto.

Max la estaba observando con intensidad. Sus ojos azules estaban tan cargados de electricidad como el ambiente antes de una tormenta.

–Te he prometido que nunca tomaré lo que no quieras dar –le recordó–. Tendrás que mostrarme lo que quieres.

Ella se preguntó qué quería hacer. Y se dijo que

deseaba tocarlo, sentir su fuerte cabello oscuro y la piel tersa de su frente y sus mejillas.

Vacilante, alzó un brazo y le pasó una mano por el pelo, que descubrió tan fuerte como había imaginado y aún más sedoso. Pero la experiencia aumentó su deseo, así que le acarició la frente, las cejas, los pómulos y, por fin, los labios.

–Sigue, por favor –dijo Max.

Caroline sintió la imperiosa necesidad de ir más lejos. Se inclinó sobre él y le lamió los labios de lado a lado, arrancándole un gemido. Max entreabrió la boca y ella introdujo la lengua en el nuevo mundo que le ofrecía, asombrada con su propia excitación.

Entonces, él cerró las manos sobre su cara y la besó.

Fue una revelación. Todo el cuerpo de Caroline pareció despertar de repente. Sus pechos se volvieron más pesados, los pezones se le endurecieron y una húmeda y cálida ansiedad latió entre sus piernas.

Las caricias de la lengua de Max se volvieron tan insistentes y frenéticas que ella empezó a jadear con la sensación de que el aire no llegaba a sus pulmones. El deseo la estaba arrastrando hacia un lugar que desconocía, pero que ansiaba con desesperación. Le clavó las uñas en la espalda y se aferró a él con fuerza, intentando acercarse más, como si quisiera introducirse en su propio ser.

Sin embargo, Max rompió el contacto en ese momento y la apartó un poco. Caroline podía sentir los latidos acelerados de su corazón y los movimientos de su pecho, que subía y bajaba al respirar con tanta rapidez como el suyo.

—No ha estado mal, ¿verdad? —dijo él con voz vacilante.

Caroline quería volver a besarlo, pero él se alejó y se sentó en la parte más alejada del sofá. Estaba excitada, desconcertada por su propio deseo y ansiosa por tocar el bulto de aspecto duro que podía ver bajo la tela de sus pantalones.

—Esta semana ha sido muy dura para ti, supongo que estarás agotada —continuó su marido—. Además, si quieres que nos vayamos mañana a Denby Lodge, será mejor que te acuestes. Quédate con la cama, yo dormiré aquí, en el salón.

Max tomó su mano, se la llevó a los labios y besó sus dedos, uno a uno, avivando el fuego que aún ardía en su interior.

—Que descanses bien, querida mía.

Perpleja, Caroline asintió, se levantó y desapareció en el interior del dormitorio, pero volvió segundos después.

—¿Max?

—¿Sí?

—Como era nuestra noche de bodas, le dije a Dulcie que se marchara... pero no puedo desabrocharme el canesú del vestido sin ayuda. ¿Te importaría...?

—Por supuesto.

Ella le dio la espalda y esperó, tensa y excitada, mientras él le soltaba primero los lazos del vestido y después, los de la ballena. Caroline lamentó amargamente que hubiera tantas capas de tela entre ellos.

Luego, cuando ya pensaba que Max completaría la tarea sin rozar su piel, él llevó las manos al borde del canesú y apartó el vestido, la estructura de la ballena y la tela de la camisa para tocarla. Fue como si él tampoco pudiera dar por terminada la noche sin sentir su contacto, aunque fuera brevemente.

Caroline se quedó sin aliento cuando metió los dedos por debajo y la acarició. Habría dado cualquier cosa por seguir así o, mejor aún, por tenerlo delante y ofrecerle los pechos. Y durante unos segundos, al sentir que cerraba las manos sobre sus hombros, pensó que su deseo se cumpliría. Pero Max hundió la cara en su cabello, aspiró su aroma y se apartó.

–Es mejor que no sigamos –dijo con voz tensa–. ¿Puedes quitarte el vestido sin mi ayuda?

–Sí... creo que sí.

–Entonces, buenas noches. Que duermas bien.

Max la llevó al dormitorio y cerró la puerta.

Mientras el deseo de Caroline se iba apagando, se quitó la ropa y se metió en la cama. Las sábanas estaban tan frías que extinguieron los últimos rescoldos de su pasión.

Después, recordó las últimas palabras de su marido y se dijo que no solo no estaba segura de poder dormir bien, sino de dormir a secas. Al recordar los nervios que había sentido al llegar al hotel, lo encontró tan absurdo que tuvo que hacer un esfuerzo para reprimir una carcajada histérica. Quizás se sintiera atrapada entre el deseo y el temor, pero había caído en manos de Max como una fruta madura.

Había acertado al desconfiar del poder que tenía sobre ella. Solo llevaban unas horas de matrimonio, pero era consciente de que si Maximilian Ransleigh hubiera querido compartir su cama, ella se la habría ofrecido gustosa. De hecho, le había faltado poco para tomar la iniciativa e invitarlo.

Se recordó que no la amaba, que se habían casado por motivos ajenos al afecto y que, por si eso fuera poco, le había ofrecido la posibilidad de acostarse con cualquier otra mujer, pero, a pesar de ello, lo deseaba.

Era una situación muy peligrosa, no solo desde un punto de vista físico, por su temor al embarazo, sino también desde un punto de vista emocional. Durante los días anteriores, Max le había demostrado que, además de ser un hombre amable y atento, era inteligente, perspicaz y divertido. Adoraba estar con él. Si no se andaba con cuidado, se acostumbraría tanto a su presencia que no podría vivir sin ella.

Caroline no quería terminar como su prima Elizabeth, llorando al marido que la había engañado y abandonado. Y aunque sabía que Max no era capaz de tratarla tan mal, detestaba la idea de encariñarse en exceso con un hombre para el que, probablemente, nunca sería otra cosa que una compañía agradable.

Suspiró e intentó pensar en el trabajo que la esperaba en Denby Lodge. La guerra había interrumpido las negociaciones que sir Martin había iniciado años antes con un criador de caballos italiano, pero Napoleón se había rendido y Europa volvía a estar en paz. Incluso consideró la posibilidad de viajar a Irlanda para adquirir algunas yeguas y cruzarlas con sus sementales.

Sin embargo, Max volvía una y otra vez a su cabeza. Era verdaderamente desesperante.

Al cabo de un rato, el cansancio del día y el acumulado a lo largo de la semana empezó a hacerle efecto. Pero antes de quedarse dormida, llegó a la conclusión de que la mejor forma de resistirse a sus encantos era permitir que la acompañara a Denby Lodge, presentarle a sus vecinos y, después, convencerlo para que se marchara. Porque si se quedaba demasiado tiempo, estaría perdida.

Capítulo 18

Tres semanas después, Max estaba en un cercado de Denby Lodge, viendo a Caroline mientras trabajaba con un caballo joven. Tenía la sensación de que no se cansaría nunca de admirar la pericia y la delicadeza que demostraba con sus animales.

Todos los días, cuando terminaba de trabajar, salían a montar; y todos los días, ella le enseñaba una parte nueva de la propiedad y él la animaba a hablar de sus caballos. Max, que había pasado casi toda su infancia en un colegio, estaba descubriendo que le encantaban las sencillas rutinas de la vida en el campo.

Caroline estiró un brazo para acariciar al animal, y el movimiento causó que la tela de su chaqueta se estirara y enfatizara la forma de sus senos.

Max respiró hondo.

Siempre le había parecido una mujer preciosa, pero ahora, estando en sus tierras, entre los caballos que tanto amaba, añadía a su belleza el atractivo de la determinación y la pasión. Su energía era tan intensa que estaba excitado todo el tiempo y, aunque había mantenido su promesa de no tomar lo que Caroline no quisiera dar, se lo estaba poniendo verdaderamente difícil.

El simple hecho de recordar el beso que se habían dado durante la noche de bodas bastaba para excitarlo. Max siempre había sabido que la naturaleza de Caroline Denby era profundamente apasionada, pero su forma de besar, una mezcla de ingenuidad y entusiasmo que equilibraba su falta de experiencia, le había afectado hasta el extremo de que estuvo a punto de volverse loco de deseo.

Luego, cuando cerró la puerta y se marchó, estuvo a punto de volver para pedirle que echara el cerrojo. Tenía miedo de cambiar de opinión más tarde y presentarse en su dormitorio, para asaltarla cuando estuviera medio dormida.

Tras un principio tan prometedor, Max había pensado que la visión de su hogar y de sus queridos establos la tranquilizaría lo suficiente como para animarla a dar el último paso. Pero todavía no lo había dado. Aún no había encontrado la forma de superar sus barreras y conseguir que lo invitara a su cama.

Y Max se había visto obligado a cambiar de planes.

Al principio, tenía intención de quedarse un par de días en Denby Lodge, lo justo para acostumbrarse al lugar y conocer a sus amigos y vecinos, pero alargó su estancia porque esperaba que Caroline cediera en cualquier momento y se rindiera a la pasión que hervía entre ellos, a fuego lento.

Ardía en deseos de mostrarle la alegría y el placer que una unión física podía añadir a la amistad que ya compartían.

Mientras la miraba, sonrió. Caroline parecía más relajada cuando salían a montar. A veces le daba besos o permitía caricias que le negaba cuando se encontraban en la casa. Quizás porque tenía miedo de que alguno de los criados los viera o, quizás, porque su cama estaba demasiado cerca.

Pero eso no era un problema para él. Si se presentaba la ocasión, le demostraría lo que se podía hacer a la sombra de un roble, tumbados en una manta.

En ese momento, el mozo de cuadra se acercó a ella. Caroline le dejó el caballo y se dirigió a la valla.

—Siento haberte hecho esperar... Estoy progresando tanto con Sherehadeen que el tiempo se me pasa volando y no me doy cuenta.

—No te preocupes. Me gusta verte. Tienes verdadero talento con los caballos.

Caroline se encogió de hombros.

—Es una cuestión de experiencia más que de talento —replicó con modestia—. Cualquiera lo puede hacer.

—Entonces, enséñame.

Ella lo miró con sorpresa.

—Se tarda mucho, Max... no estoy segura de que te interese. Pero si lo dices en serio, estaré encantada.

—Claro que lo digo en serio.

Caroline saltó la valla y montó en su caballo, que estaba junto al de Max.

—¿Adónde vamos hoy? —preguntó él.

—A un lugar muy especial para mí. Antes iba casi todos los días, pero... hace tiempo que no voy —dijo.

—Pues si es especial para ti, también lo será para mí.

Max fue sincero, aunque ella arqueó las cejas como si no le creyera. Nunca había sido un hombre inclinado a pronunciar discursos bonitos por complacer a una dama; cuando se los dedicaba a ella, era porque lo sentía de verdad.

—Por cierto, quería darte las gracias por haber sido tan cariñoso conmigo durante la cena de anoche, en casa de los Johnson —dijo ella—. De hecho, estás interpretando tu papel de esposo devoto con tanta perfección como interpretas el papel de hijo de un conde... Pero a pesar de ello, estoy segura de que muchas mujeres seguirán convencidas de que lo único que te interesaba de mí era mi generosa dote.

—Tú sabes que eso no es cierto, Caroline. No me importa lo que piensen los demás, pero me molesta que hables como si tú misma te subestimaras.

—Yo no me subestimo. Solo pienso que mis habilidades no coinciden con las que suelen tener las mujeres en general ni con las que reciben el visto bueno de damas como la señora Johnson y lady Winston. Las dos se quedarían asombradas cuando te negaste a ser pareja de lady Millicent en la partida de cartas.

—¿Por qué querría ser pareja de otra mujer cuando podía serlo de mi esposa, que además estaba preciosa con el vestido dorado que eligió para la ocasión?

—¿Porque intentaba seducirte?

Max gimió y se sintió absurdamente culpable de que lady Millicent se hubiera dedicado a coquetear con él durante la cena.

—¿Fue tan obvio?

—Para mí, sí.

Él suspiró.

—En otros tiempos, cuando era más joven, es posible que me hubiera sentido halagado por sus atenciones, pero me pareció de muy mal gusto que me lanzara esas miraditas delante de las narices de mi mujer. Si tus vecinas se ofendieron cuando la rechacé, peor para ellas. Me ofendió tanto que no fui capaz de ser cortés.

Caro bajó la mirada.

—Me alegra que la rechazaras. Aunque yo no te lo pedí.

—Pero tienes derecho a pedirme esas cosas, eres mi esposa, Caroline. Además, yo sería un verdadero canalla si me dedicara a correr detrás de otras mujeres como si fueran perras en celo, especialmente en público —afirmó—. Si tengo que correr, prefiero que sea por ti.

Ella le dedicó una mirada llena de picardía.

—¿Me estás desafiando?

—¿Quieres que te desafíe?

—Muy bien, tú lo has querido. Te echo una carrera hasta el cercado del final de la pradera.

Antes de que sus palabras llegaran a los oídos de Max, Caroline ya se estaba alejando al galope. Era un juego que repetían todos los días desde que llegaron a Denby Lodge. Y Caroline ganaba siempre, aunque su esposo mejoraba tan deprisa que ya le faltaba poco para alcanzarla y superarla.

Al llegar al cercado, él estuvo a punto de aplaudir su enésima victoria, pero ella desmontó con expresión sombría y caminó hacia un muro sobre el que se encaramaba un rosal. Al otro lado del muro, se veían unas cuantas lápidas.

Max guardó silencio y la acompañó al interior del pequeño cementerio. Caroline se arrodilló junto a la tumba de su padre, sir Martin, que estaba enterrado a poca distancia de su querida esposa, lady Denby, quien había fallecido veinticinco años antes que él.

Y entonces, ella hizo algo que le sorprendió. Le tomó de la mano y se la apretó con fuerza.

—Venía muy a menudo cuando era una niña. Mi madre falleció durante el parto, así que no llegué a conocerla. Hay un retrato suyo en la habitación de mi padre, aunque él no visitaba nunca su tumba... y no supe por qué hasta que murió. Cuando trabajo, estoy tan ocupada que casi me puedo convencer de que él sigue con vida y de que se ha ido a Irlanda a comprar caballos. Pero si vengo aquí y veo la tumba, no puedo huir de la triste realidad.

Caroline derramó unas lágrimas.

—Lo siento mucho, cariño. Lady Denby me dijo que estabais muy unidos. Su pérdida habrá sido terrible para ti.

Ella asintió.

–Mi madrastra es maravillosa, pero se parece tanto a sir Martin como unas zapatillas de satén a un par de botas viejas. Mi padre y yo nos entendíamos tan bien que no necesitábamos hablar. Lo fue todo para mí. Un amigo, un consejero, un profesor.

Max no dijo nada.

–Esta es la primera vez que vengo al cementerio desde que murió, ¿sabes? Sencillamente, no me veía con fuerzas para soportarlo... Gracias por acompañarme.

Él le besó la mano.

–Ya no estás sola, Caroline. Ahora me tienes a mí.

–¿En serio?

Max no tuvo ocasión de responder, porque Caroline se incorporó de repente y se alejó de la tumba.

Mientras la seguía, ella preguntó:

–¿Nunca tuviste una buena relación con tu padre?

–Me temo que no.

–Pero seguro que su desaprobación te hacía daño...

–Sí, por supuesto; cuesta aceptar que tu propio padre te considere un fracaso –confesó con amargura–. Yo solo quería su atención y su cariño... pero no soy su hijo mayor, no soy su heredero. Y en consecuencia, jamás me dedicó ni un minuto del poco tiempo libre que le dejan sus obligaciones políticas.

Max sonrió y siguió hablando.

–A veces, en alguna de las escasas ocasiones en que pasaba por casa o se acercaba a mi colegio, lo esperaba con tanto temor como si fuera a ver al rey en persona. Cuando dejé el Ejército, me sentí feliz ante la posibilidad de que mi trabajo en el cuerpo diplomático contribuyera a ayudar a mi padre en la Cámara de los Lores, pero después de lo de Viena, pensó que yo dañaba su imagen y me borró del mapa.

–¿Qué pasó exactamente en Viena?

Max le lanzó una mirada tan fría que ella se sintió obligada a justificarse.

–No quiero entrometerme en tus cosas. Lo pregunto porque no puedo creer que hicieras algo deshonroso.

–Gracias por decir eso, Caroline. Incluso sin conocer las circunstancias, ya has confiado más en mí que mi propio padre.

Ella sonrió.

–Bueno, ya hemos establecido que su conducta deja bastante que desear. Pero si no quieres contármelo, lo entenderé.

Max suspiró, se apoyó en la pared de piedra y empezó a hablar.

–Ir a Viena como ayudante de campo de lord Wellington era una gran oportunidad para mí. Me ofrecía la ocasión de trabajar con un gran hombre, de servir a mi país y de participar en negociaciones a las que asistían los políticos y diplomáticos más importantes de Europa... yo estaba entusiasmado.

–Me lo imagino.

–Poco después de mi llegada, conocí a *madame* Lefevre, una viuda. Era prima de un diplomático francés al que servía como anfitriona y ama de llaves. Napoleón había causado tal devastación en Europa que muchos de los delegados no querían saber nada de los franceses, pero yo simpatizaba con los diplomáticos de su país, que a fin de cuentas solo querían impedir que desmembraran su tierra y castigaran a su pueblo por tantos años de conflicto.

Ella asintió.

–Un sentimiento lógico –dijo–. Todos queremos lo mejor para nuestro país.

–Exacto. Pero volviendo a *madame* Lefevre, me pareció extraño que siempre se mantuviera al margen en las reuniones sociales, como si no quisiera participar. Supongo que fue esa actitud distante, además de su belleza, lo que un día me animó a invitarla a bailar... Resultó ser una mujer tan inteligente y perceptiva que me impresionó. Además, era la primera mujer que no me pedía nada a cambio de su amistad. En eso se parecía a ti.

–¿Que yo no te pido nada? ¡Te pedí que te casaras conmigo! –dijo en tono de broma.

Él volvió a sonreír.

–Sea como sea, no buscaba cumplidos ni regalos y, por supuesto, no esperaba que yo estuviera a sus pies, atento a la menor de sus ocurrencias. Al cabo de un tiempo, me di cuenta de que a veces aparecía con marcas en las muñecas y hasta en la cara. Cuando por fin confesó que su primo abusaba de ella, me enfadé mucho.

–Es natural...

–Pero yo no podía hacer mucho al respecto. A pesar de lo que se ha dicho después, no era su amante. Y sobra decir que tampoco tenía una excusa legal para intervenir en su favor... La ayudé en lo que pude, que fue poco.

Max soltó una risotada amarga.

–Durante estos meses, he rememorado todo lo que hicimos, todas las conversaciones que mantuvimos, intentando encontrar algo extraño, pero jamás hablaba de política... Quién sabe, puede que solo fuera una víctima de su primo, que la obligó a participar en el complot. En cualquier caso, le salió bien. Alguien la usó como cebo, a sabiendas de que yo no me negaría a prestar ayuda a una dama en apuros.

Él suspiró y se quedó mirando el paisaje antes de retomar la historia.

–La noche del incidente, me envió una nota que me obligó a salir de la sala donde se encontraba lord Wellington. Me pidió ayuda con un asunto sin importancia y se las arregló para retrasar mi vuelta... entre tanto, un hombre entró en la sala y disparó. Por suerte, lord Wellington no sufrió ningún daño.

–¿Y *madame* Lefevre?

–No la volví a ver. Su primo y ella se marcharon de Viena –respondió–. No sé... lo he pensado mucho y no he encontrado nada que pudiera indicar la existencia de un complot. Pero si yo no le hubiera prestado ayuda, los conspiradores no habrían tenido una oportunidad excelente para matar al mejor general de Inglaterra.

–¿Cómo puedes estar tan seguro? Wellington tiene muchos enemigos, habrían encontrado otro momento de atentar contra su vida. Además, nadie te puede culpar por haber ayudado a una mujer que se encontraba en circunstancias tan terribles... ¿Qué hicieron las autoridades? ¿No los persiguieron?

–No estoy seguro. Si hubiera sido posible, habría salido a buscarlos inmediatamente, pero me detuvieron esa misma noche para someterme a una investigación.

–¿Te detuvieron? –preguntó, sorprendida.

Max asintió.

–Sí, aunque no estuve en la cárcel. Se limitaron a mantenerme bajo vigilancia en mi propia habitación. Es irónico... los soldados que me vigilaban pertenecían a la unidad que había estado a mi cargo durante la guerra.

Caroline lo miró con tristeza.

–Debió de ser terrible para ti.

–Lo fue.

–Pero estoy segura de que ninguno de tus soldados desconfió de ti –declaró con vehemencia–. Si te conocen, sabrán que nunca habrías atentado contra Wellington.

–Eso no cambia las cosas, Caroline... En cualquier caso, mis superiores no pudieron seguir con la investigación, porque Napoleón escapó de Elba y organizó un nuevo Ejército. Luego llegó Waterloo y... bueno, aquí estoy.

–¿Y no hay nada que puedas hacer por limpiar tu buen nombre?

–El Foreign Office decidió que, como la guerra ya había terminado, era mejor que se olvidara el asunto –explicó–. Pero el coronel Brandon, mi superior inmediato durante la guerra, se ha comprometido a buscarme un puesto en el Departamento de Defensa... y cree que si consigo localizar a *madame* Lefevre y convencerla para que declare en mi favor, mi situación podría mejorar notablemente.

—Entonces, debes ir a Viena. Cuando se sepa la verdad, te absolverán.

—Gracias por apoyarme, Caroline. Tenía intención de viajar a Europa dentro de poco, aunque no sé de qué servirá... sospecho que, aunque encuentre a esa mujer y preste declaración, no recuperaré el favor de mi padre.

—Oh, Max, lo siento tanto...

Caroline alzó una mano y le acarició la mejilla.

—El conde puede ser un gran político —continuó—, pero no vale nada como padre. Es un hombre terriblemente egoísta, y tan estúpido como para despreciar el afecto de su propio hijo.

Max sonrió al recordar su enfrentamiento durante la boda.

—Creo que le dejaste bien clara tu opinión. A decir verdad, tuve miedo de que perdiera los papeles contigo. Puede ser implacable cuando se lo propone.

—Tu padre no me asusta, Max. Pero sé que hice mal al reprenderlo... y como no quiero complicar las cosas entre vosotros, procuraré ser más amable en el futuro.

—Mi dulce defensora...

Él le apretó la mano con afecto.

—Tu defensora, sí, eso es lo que soy. Y ahora también me tienes a mí.

Max se emocionó con su declaración. Sabía que

era sincera, y que estaría a su lado y cuidaría de él como nadie en el mundo, excepción hecha de sus tres primos.

Incómodo con la fuerza de aquel sentimiento, lo apartó de su cabeza y derivó su energía hacia la connotación sensual de sus palabras. Al fin y al cabo, había insinuado que era suya. Y la deseaba con toda su alma.

Caroline se ruborizó como si se acabara de dar cuenta de que sus palabras se podían interpretar como algo más que una reafirmación de su lealtad. Pero justo entonces, se levantó viento y una gota de agua le cayó en la mejilla.

–Está a punto de llover –dijo Max, escudriñando los negros nubarrones–. Será mejor que volvamos a casa.

–Gracias por haberme acompañado –repitió ella–. Quería volver, pero no podía... Contigo es más fácil. No me siento tan sola.

Para su sorpresa, Max comprendió que a pesar de haber llevado una vida de aventuras, siempre con gente a su alrededor, él también se había sentido solo.

Hasta ese momento.

–Me alegro.

Max volvió a la casa. Había empezado a llover, pero Caroline se dirigió a los establos con la excusa de que tenía mucho trabajo y la promesa de que se verían más tarde, a la hora de la cenar.

Como no tenía nada que hacer, Max entró en la biblioteca. Quería leer un libro, pero se acercó a la ventana y se dedicó a pensar en su esposa.

La conversación en el cementerio había sido muy importante para él. Para empezar, porque era la primera vez que hablaba con alguien sobre su relación con el conde y, para continuar, porque había descubierto que se sentía solo.

Caroline le ayudaba a encontrarse a sí mismo. Cuando estaban juntos, sentía una serenidad y un sentimiento de pertenencia que jamás había sentido con nadie. Era como si formaran parte de un mismo ser.

Max se puso nervioso.

Al parecer, Max el Magnífico se estaba enamorando. Pero no se podía enamorar de una mujer que se esforzaba por mantener las distancias y que, al menos en apariencia, tampoco se mostraba tan fascinada con él como él con ella.

Quizás había llegado el momento de poner fin a sus intentos de seducción y volver a Viena. Además, debía actuar con premura, cuanto más tiempo esperara, más le costaría encontrar el rastro de madame Lefevre.

Aún no había tomado una decisión al respecto cuando Caroline entró en la biblioteca con ojos brillantes.

—¡Acabo de recibir una carta del señor Wentworth! Mi padre escribió hace años a un criador italiano, a quien quería comprar uno de sus sementales árabes para mejorar la línea de sangre de nuestros caballos, pero la guerra estalló poco después y ni siquiera llegamos a saber si había recibido nuestra oferta.

Max asintió. Caroline ya le había contado la historia.

–Pues bien, no solo la recibió sino que, además... ¡ha aceptado los términos del acuerdo! –declaró con entusiasmo.

–Es una noticia magnífica...

–El señor Wentworth ha escrito para informarme de que el semental acaba de llegar a Londres y de que lo enviará a Denby inmediatamente. Si todo va bien, llegará dentro de unos días... ¡Oh, mi padre estaría tan contento! ¡Es el primer paso para conseguir los caballos que siempre soñó criar!

Él le dedicó una sonrisa, encantado con su expresión de felicidad.

–Entonces, deberíamos celebrarlo.

–¡Por supuesto que sí! Le diré a Manners que vaya a buscar una botella de champán a la cava.

Max se acercó a Caroline con intención de darle un abrazo, pero ella se apartó.

–No, no me toques ahora... estoy llena de barro. ¡Nos veremos en la cena!

Cuando se encontraron en el salón de Denby Lodge, Max pensó que el aspecto de su esposa era verdaderamente digno de una celebración. Llevaba un vestido precioso, que enfatizaba las formas de sus magníficos pechos y se había recogido el cabello de tal manera que una cascada de rizos sueltos le caía sobre la cara.

Además, Caroline se mostró muy animada durante la cena, le hizo todo tipo de preguntas sobre su estancia en el Ejército, desde detalles sobre el día a día hasta impresiones sobre sus viajes por España y Portugal.

Generalmente, Caroline se levantaba tras los postres, entonces, le daba un beso rápido y se retiraba a su habitación con alguna excusa, pero aquella noche se quedó a la mesa, como si no quisiera poner fin a la velada.

Nunca la había visto tan relajada y con la guardia tan baja. Su instinto le decía que estaba a punto de capitular, de modo que echó mano de todo su humor y su encanto para atraerla y seducirla.

Al cabo de un rato, Max se dio cuenta de que el lacayo que les había servido la cena estaba cansado de esperar de pie.

—¿Qué te parece si nos retiramos y permitimos que Joseph limpie la mesa?

Caro lanzó una mirada al reloj.

—¡Oh, Dios mío! ¡No sabía que fuera tan tarde...! Te ruego que nos disculpes, Joseph. Ya deberías estar en la cama.

—No se preocupe por mí, señorita. Si le parece bien, pediré al señor Manners que les sirva el té en el estudio.

—No, ya es tarde para tomar té. Habla con los demás y diles que se acuesten.

El lacayo hizo una reverencia y se marchó. Max alcanzó la botella de vino y acompañó a Caroline al estudio.

—¿Te sirvo una copa? —preguntó él cuando llegaron—. Un poco de vino te ayudará a dormir.

Ella se sentó en el sofá y sonrió.

—Sí, gracias, aunque no estoy segura de que quiera dormir. Ha sido un día tan maravilloso y tan excitante...

Max le sirvió la copa, se sentó a su lado e intentó no hacerse demasiadas ilusiones con su declaración, aunque ardía en deseos de inclinarse sobre ella y cubrir de besos su delicioso escote. De haber podido, se habría retirado a su dormitorio por miedo a perder el control, pero él tampoco quería poner fin a la velada.

Cuando terminó el vino, Caroline le lanzó una mirada lánguida, que estaba entre la invitación y la duda.

—Supongo que deberíamos acostarnos...

Max estaba tan excitado que tuvo que hacer un esfuerzo para hablar.

—Como quieras. ¿Te acompaño a tu habitación?

—Claro.

Caroline se levantó y le ofreció el brazo. Él lo aceptó cortésmente y la llevó escaleras arriba. Estaba tan nervioso que casi tuvo la certeza de que ella podía oír los latidos de su acelerado corazón.

Al llegar al dormitorio, Max le abrió la puerta y se puso a un lado para dejarla pasar.

¿Lo invitaría a su cama? ¿O le daría las buenas noches?

Capítulo 19

Caroline sonrió a su esposo. Había sido un gran día. Gracias a Max, había encontrado las fuerzas necesarias para ir al cementerio y asumir de una vez por todas que sir Martin se había ido para siempre, y, por si eso fuera poco, estaba a punto de conseguir el semental italiano que convertiría sus establos en una referencia hípica de primer nivel.

–Gracias por una velada tan maravillosa, Max.

–Gracias a ti, Caroline –replicó–. Me alegra que estés a punto de hacer realidad el sueño de tu padre.

Caroline quería pedirle que se quedara, ardía en deseos de que la besara como en su noche de bodas, especialmente porque ahora sabía que no les quedaba mucho tiempo. Max se marcharía pronto a Viena, a buscar a *madame* Lefevre, o volvería a su vida de Londres. Pero en su nerviosismo, solo se atrevió a decir:

–Antes de que te retires, ¿podrías darme un beso de buenas noches?

−Será un placer.

Fue un beso largo y tranquilo, que Max intentó terminar con una caricia de su lengua en los labios de Caroline. Sin embargo, ella se sorprendió besándolo a su vez con una pasión desenfrenada. Cerró los brazos a su alrededor y se concentró en el contacto de sus bocas hasta que se sintió mareada y sin resuello. Entonces, echó la cabeza hacia atrás y él aprovechó la circunstancia para descender y lamer la piel de su escote.

De repente, Caroline se dio cuenta de que necesitaba que la tocara sin las barreras de la ropas; sus pechos ansiaban el contacto de sus manos con una intensidad abrumadora. Y, por fin, haciendo caso omiso de la voz interna que la instaba a aferrarse a sus miedos, se apartó lo justo para mirarlo a los ojos y declaró:

−Quiero que me desnudes.

−Lo que mi dama desee.

Max entró con ella en la habitación y cerró la puerta. Después, Caroline lo guió hacia los lazos del vestido y lo animó a desatarlos.

Cuando él lamió la superficie de sus pechos ya desnudos, ella soltó un grito de placer; jamás habría imaginado que existiera una sensación tan maravillosa y exquisita. Max exploró toda la superficie de sus senos, de arriba abajo, con la lengua, y, por fin, le empezó a succionar los pezones.

La pasión y la necesidad dominaron a Caroline. Llevó las manos a su cuello y le desató el pañuelo antes de abrirle la camisa. Luego, le acarició el pecho y descendió hacia sus pantalones sin ser totalmente consciente de lo que estaba haciendo. Había dejado de pensar. Su cuerpo había tomado el control.

Momentos después, se tumbaron en la cama y se desnudaron el uno al otro. Caroline se quedó tan maravillada al contemplar el sexo de su marido, orgullosamente erecto, que cerró la mano sobre él, lo acarició y susurró:

–Precioso. Eres precioso.

Max gimió y respondió de la misma forma, con una suave y delicada caricia en la parte más íntima de su cuerpo.

–Preciosa. Eres preciosa...

Pero, a diferencia de Caroline, Max no se detuvo. Insistió en sus caricias una y otra vez mientras ella hundía la cabeza en la almohada, embriagada por las sensaciones y por la tensión que crecía en su interior. Hasta que, en determinado momento, no pudo soportarlo más, quería sentirlo dentro de ella, llenando su vacío.

Con unas palabras apenas inteligibles, lo urgió a ponerse encima, separó las piernas y lo guió al centro de su necesidad.

Caroline soltó un suspiro de alivio cuando entró en ella, pero se puso tensa al sentir una punzada de dolor. Max se detuvo de inmediato y la alivió con besos y caricias. Poco a poco, ella se relajó y se volvió a sentir dominada por el deseo, que la instó a alzar las caderas, buscando una penetración completa.

Sin embargo, él se lo tomó con calma. Apoyado

en los brazos, que mantuvo extendidos para no aplastarla con su peso, aumentó la presión tan despacio y con tanta delicadeza que Caroline creyó volverse loca. Solo al final, ya convencido de que no le hacía daño, se empezó a mover y a aumentar el ritmo de sus acometidas, tan excitado como ella.

Súbitamente, Caroline llegó al borde del precipicio y cayó entre un sinfín de sensaciones deliciosas que estallaban en su interior.

Aún sentía los últimos ecos del orgasmo cuando Max pronunció su nombre en voz baja y gritó. Poco después, se tumbó a su lado y la abrazó con fuerza. Caroline sonrió, completamente saciada, y se quedó dormida.

La cálida caricia de un rayo de sol despertó a Max a la mañana siguiente. Era tan tarde y había dormido tanto que pensó que la noche anterior habría bebido demasiado, pero no tardó en recordar lo sucedido.

Sonrió y se estiró lánguidamente, con un sentimiento de felicidad. Siempre había sospechado que Caroline era una mujer apasionada, pero la realidad había demostrado ser mucho mejor que su imaginación.

Y ardía en deseos de repetir la experiencia.

Pero se llevó un disgusto cuando se dio la vuelta y descubrió que la cama estaba vacía. ¿Adónde habría ido?

Conociendo a Caroline, supuso que se habría levantado al alba para ir a trabajar con sus caballos, y también supuso que, en tal caso, no lograría convencerla para que volviera con él a la habitación.

Se levantó de la cama y se preguntó qué mujer le estaría esperando a la luz del día, tras una noche de amor.

¿Sería la sirena apasionada y enormemente pícara que se había entregado a él sin inhibición alguna? ¿O sentiría vergüenza por haberse dejado llevar? Necesitaba saberlo, así que se vistió a toda prisa y se dirigió a su habitación, donde se cambió de ropa y se aseó un poco antes de bajar a la cocina.

Manners le informó de que la señorita Denby había desayunado pronto y que había salido a trabajar. Max dio un último trago a su té y guiñó un ojo al mayordomo, que tuvo que hacer un esfuerzo para mantener la compostura y no sonreír. Aparentemente todos los criados de Denby Lodge se habían enterado de que Caroline había pasado la noche con él.

Salió de la casa y caminó hacia los establos a buen paso. Su esposa estaba hablando con el capataz, en el mismo cercado donde se habían visto el día anterior.

Max sintió una alegría inmensa ante la perspectiva de verla otra vez y, quizás, de volver a besarla. No se habían casado por amor, pero su matrimonio había resultado mucho más interesante de lo que imaginaba.

Llevaba casi un mes con ella, y había descubierto que era una mujer aún más inteligente y divertida que la joven que le había hecho aquella propuesta descabellada en el invernadero de Barton Abbey.

Con el tiempo, había llegado a admirar su habilidad con los caballos, y a apreciar el buen juicio con el que dirigía los establos de Denby Lodge.

Además, el alcance de sus intereses y la profundidad de sus conocimientos, que demostraba cada vez que tomaban el té o cenaban juntos, no dejaba de sorprender y encantar a Max.

Se sentía el hombre con más suerte de Inglaterra. Había terminado con una mujer rica y maravillosa que, además, combinaba el carácter directo de los hombres y el carácter apasionado de una seductora.

Solo faltaba una cosa para que su vida estuviera completa: encontrar a *madame* Lefevre y convencerla para que testificara en su favor.

Caroline no vio a Max inmediatamente, porque estaba de espaldas. Él espero a que terminara la conversación con el capataz y, solo entonces, se acercó por detrás, pasó los brazos alrededor de su cuerpo y le dio un beso.

—¿Qué tal está mi preciosa esposa?

—¡Max! —protestó ella, ruborizada.

Él sonrió.

—¿Salimos a montar? —preguntó—. Es una lástima que no me despertaras antes de levantarte... Te habría demostrado mi agradecimiento por lo de anoche de la forma más física posible.

Caroline se alejó y adoptó una actitud tan fría y distante que Max se preocupó de inmediato. Aquello era algo más que una manifestación de timidez.

–Me alegra que anoche quedaras... satisfecho.

Max la miró a los ojos con desconcierto. Su voz sonaba tensa, muy distinta a la de la mujer con quien había hecho el amor horas antes.

–¿Qué ocurre, Caroline? ¿Ha pasado algo?

Ella apartó la mirada.

–No ha pasado nada.

–¿Entonces?

–Es que... estoy un poco nerviosa. El mercado de invierno se abre dentro de poco, y tengo muchas cosas que hacer.

Max le puso una mano debajo de la barbilla y la obligó a mirarlo a los ojos.

–No me vengas con esas, por favor. ¿Dónde está la mujer franca con la que contraje matrimonio? Sé que te pasa algo... ¿Por qué no me dices la verdad?

Para su horror, los ojos de Caroline se llenaron de lágrimas.

–Vamos, Caroline –continuó con voz dulce–. Ya sabes que no muerdo... O, al menos, no tanto como para hacer daño.

Ella sacudió la cabeza.

–Desgraciadamente, me puedes hacer más daño del que imaginas.

Él reaccionó con desconcierto.

–¿Qué significa eso?

Caroline observó a su esposo durante unos segundos. Después, asintió con firmeza y declaró, sin más:

–Está bien, te lo diré. Vamos a dar un paseo.

Mientras caminaban, Max intentó tomarla de la

mano. Ella se apartó una vez más, se detuvo y se cruzó de brazos.

—Tú sabes que yo no me quería casar –declaró–. En parte, porque siempre pensé que terminaría siendo la esposa de Harry... pero mi negativa ocultaba un motivo de más peso, uno que desconoces.

Caroline se sinceró con él. Le habló de una dolencia que afectaba a las mujeres de su familia por línea materna, y le explicó que muchas de ellas habían fallecido al dar a luz.

—Es una especie de maldición, Max –concluyó.

Él se quedó atónito.

—¿Estás completamente segura de que se trata de una enfermedad? ¿No podría ser simple coincidencia?

Caroline suspiró.

—Mi madrastra tampoco cree que sea una enfermedad, al igual que tú, cree que mis preocupaciones carecen de fundamento. Pero yo lo he visto con mis propios ojos... cuatro de mis primas murieron al dar a luz a su primer hijo.

Max no supo qué decir.

—Ahora entenderás por qué me alejaba de ti cuando intentabas seducirme –continuó entre lágrimas–. No estaba jugando contigo. Es que tenía miedo; miedo de lo que pudiera pasar si me hacías el amor.

—Oh, mi querida Caroline...

—Pensé que, como te di permiso para acostarte con cualquier mujer, me dejarías en paz; pensé que podría resistirme a ti. Pero anoche perdí el control y... bueno, fue más bonito y más intenso de lo que jamás habría imaginado. Fue una revelación.

—También lo fue para mí —le confesó él.

Ella hizo caso omiso y siguió hablando.

—Sin embargo, cuando me he despertado esta mañana y he recordado lo sucedido, solo podía ver la cara de mi prima Anne, muriéndose poco a poco mientras yo la tomaba de la mano. Su cama estaba llena de sangre. Había sangre por todas partes.

Max dio un paso adelante y cerró los brazos alrededor de su cuerpo. Esta vez, Caroline no se resistió, rompió a llorar abiertamente y estuvo así un buen rato, hasta que recobró el aplomo y se volvió a alejar de él.

—¿Por qué no me lo dijiste en su momento? —preguntó Max, que empezaba a ser amargamente consciente de las implicaciones—. ¿No crees que tenía derecho a saberlo? Me he casado contigo y ahora me dices que no puedo ser tu esposo en el sentido más profundo del término sin poner tu vida en peligro.

—Te dije que nuestro matrimonio sería una formalidad, que no lo consumaríamos —le recordó—. Y tú estuviste de acuerdo.

—Eso no es excusa, Caroline.

Ella se encogió de hombros.

—Tal vez, pero no quería que me vieras como la cobarde que soy. Además, el peligro es todo mío, no tuyo.

—¡Maldita sea, Caroline! ¿Qué estás insinuando? —bramó—. ¡No soy un monstruo capaz de jugar con la vida de su esposa! De haber sabido lo que me cuentas ahora, habría sido más cauto... a decir verdad, ni siquiera sé si quiero ser padre.

–En cualquier caso, ya está hecho. Hemos consumado el matrimonio, y existe la posibilidad de que me quede embarazada... Aunque supongo que eso tiene sus compensaciones –Caroline le dedicó una sonrisa débil–. Si estoy encinta, no tendré ningún motivo para resistirme a tus encantos.

Max sacudió la cabeza.

–Dudo que te hayas quedado encinta tras una sola vez. Y aunque no estoy seguro de que esa maldición o enfermedad de la que hablas exista de verdad, me niego a poner tu vida en peligro –dijo con vehemencia–. Será mejor que mantengamos las distancias, Caroline. Quizás haya llegado el momento de que me vaya a Viena y te deje con tus caballos y tu vida.

Max no estaba hablando en serio. Su preocupación era real, pero la amenaza de irse no era más que un intento de conseguir que Caroline reaccionara y admitiera que también se había encariñado con él, que lo necesitaba tanto como él a ella.

Sin embargo, Caroline guardó silencio. Y Max perdió la paciencia.

–Muy bien. Haré los preparativos necesarios para marcharme cuanto antes. Si es posible, hoy mismo.

Ella asintió.

–Sí, supongo que es lo mejor para los dos –sentenció–. Voy a estar muy ocupada, así que prefiero que nos despidamos ahora. Buena suerte, Max. Espero que encuentres las pruebas que necesitas.

Caroline dio un paso hacia él y le dio un beso en la mejilla.

—Que tengas buen viaje –añadió.

Luego, dio media vuelta y se alejó hacia los establos a buen paso, como si ardiera en deseos de perderlo de vista.

Max se quedó donde estaba, observándola. Toda su alegría había desaparecido de repente. Hasta su enfado se esfumó, dejándolo a solas con el peor y más doloroso sentimiento de pérdida que había sufrido jamás.

Si Caroline lo quería lejos, tendría lo que quería. A fin de cuentas, ya estaba acostumbrado a que sus seres queridos le dieran la espalda.

Oculta en las sombras de los establos, Caroline vio que Max se alejaba y apretó los puños con fuerza, resistiéndose al deseo de correr tras él y robarle un beso.

De correr tras él y pedirle que se quedara.

Sin embargo, Max se había enfadado tanto con ella que no se atrevió. De hecho, estaba segura de que en ese momento se habría negado a besarla; incluso tenía miedo de haberlo perdido para siempre.

Una punzada de angustia y de alivio le atravesó el corazón. Las lágrimas que había refrenado hasta entonces empezaron a descender por sus mejillas.

Su vida había cambiado mucho en unas pocas horas. Aquella mañana, cuando abrió los ojos y recordó los besos de la noche, se apretó contra Max y dudó un momento, no sabía si despertarlo con caricias pícaras entre sus piernas o empezar por sus pies y explorar cada centímetro de su fuerte y perfecto cuerpo.

Pero su mente despertó poco a poco y le hizo comprender las implicaciones de lo que había provocado y permitido.

Habían hecho el amor.

Caroline intentó convencerse de que no era tan importante. A fin de cuentas, solo lo habían hecho una vez. Era improbable que se quedara embarazada tras una sola experiencia. Y, para su horror, el simple hecho de pensar en él bastó para que su cuerpo despertara de nuevo y se inundara de deseo hacia su esposo.

Max era lo mejor que le había pasado nunca. Su amor había sido lo más maravilloso, increíble y excitante de su vida. Incluso ahora, siendo perfectamente consciente del peligro que corría, anhelaba sus atenciones, su contacto y el largo y apasionado trayecto hacia el precipicio del orgasmo.

Al ver cómo se alejaba de ella, había entendido que su madre y sus primas se hubieran arriesgado a perecer en el parto. No lo habían hecho porque se sintieran obligadas a dar un heredero a sus respectivos esposos, sino por un sentimiento de unión total, de euforia absoluta, que no se sentía en ninguna otra circunstancia.

¿Qué podía hacer? ¿Sería capaz de dejarlo ir?

Después de tantos años de trabajo, estaba a punto de cumplir los sueños de su padre. El caballo árabe llegaría en cuestión de días y, con él, la posibilidad de que los establos de Denby Lodge estuvieran entre los mejores del país. En cuanto viajara a Irlanda y comprara las yeguas, podría empezar con el proceso de reproducción.

Su padre había calculado que necesitarían varios años para evaluar a los potros y tomar decisiones sobre los cruces más prometedores. Pero ya no estaba segura de tener el tiempo necesario. Y pensó que, si se esforzaba, podría acelerar las cosas y dejarlo todo en manos de Newman.

Quería arriesgarse con Max. Quería empezar de nuevo con él; aceptar el peligro de la maldición de las Denby y disfrutar de los placeres de la vida.

Pero, ¿volvería a su lado?

Preocupada, empezó a pensar en las legiones de mujeres bellas que arderían en deseos de seducir a un hombre como Max Ransleigh. Mujeres a las que no tendría que resistirse, porque ella misma le había dado permiso para buscar placer entre otros brazos.

¡Qué estúpida había sido! Y no contenta con ello, se había enamorado de Max.

Se alejó de la puerta de los establos y se obligó a concentrarse en sus tareas. Trabajó hasta bien entrada la noche, con la esperanza de que Max se hubiera ido. Tampoco estaba segura de poder soportar otra escena como la de aquella mañana.

Cuando por fin volvió a la casa, descubrió que sus deseos se habían hecho realidad. Se había quedado sola.

Derramó unas cuantas lágrimas, que se secó con rabia, e intentó convencerse de que sabría salir adelante. Al fin y al cabo, no era la primera vez que se sentía abandonada, ya se había encontrado en una situación parecida cuando Harry se fue a la universidad. Con el tiempo, llegaría a estar tan volcada en las rutinas y necesidades del trabajo que el dolor desaparecería y lo olvidaría todo.

Pero por primera vez, el sueño que había heredado de su padre, el sueño de convertir Denby Lodge en el mejor criadero de caballos de Inglaterra, le pareció tan poco apasionante como carente de sentido.

Capítulo 20

Casi dos meses después, Max estaba esperando en la antesala de la suite del embajador británico en Viena. Tras treinta días de viaje a caballo y en coches de correo, alojándose en posadas y pensiones, su cansancio era tan abrumador que tuvo que armarse de paciencia para soportar la espera, especialmente, tratándose del hombre cuya sutil repulsa había provocado la situación en la que se encontraba.

Cuando la puerta se abrió, Max alzó la cabeza y se llevó una grata sorpresa al ver al subsecretario. Lord Bannerman era un diplomático altamente capaz al que había conocido durante sus días con lord Wellington. Al menos, la embajada no le había enviado esta vez a un funcionario de segunda categoría.

—Buenos días, Ransleigh. Me alegro mucho de verlo —Bannerman le estrechó la mano—. ¿Me permite que lo felicite? Tengo entendido que se ha casado hace poco... y al parecer, con una dama bastante rica.

–Así es, señor.

–Jennings me dijo que le dio toda la información que teníamos sobre *madame* Lefevre. ¿Ha averiguado algo más?

–No –respondió, frustrado–. Me temo que la información de Jennings era escasa y poco fiable. ¿Puedo hablar con franqueza?

–Por supuesto.

–No creo que el Foreign Office se haya tomado muy en serio este asunto.

Bannerman sonrió.

–Bueno, debe admitir que fue una situación extraña... cuando se produjeron los hechos, Napoleón Bonaparte se había fugado de Elba y Europa volvía a estar al borde del abismo. Además, su acusación contra un ayudante del príncipe de Talleyrand no fue de mucha ayuda. Talleyrand se mostró terriblemente ofendido ante la simple idea de que uno de los suyos estuviera involucrado en el intento de asesinato de Wellington. Como puede imaginar, nadie estaba interesado en remover las aguas.

–Excepto yo, claro, cuya reputación estaba por los suelos.

–Sí, fue de lo más desafortunado –declaró con sinceridad–. Usted es un hombre de talento, Ransleigh. Habría sido un diplomático excelente.

Max sintió un escalofrío. Aunque sus indagaciones habían sido infructuosas, albergaba la esperanza de que los responsables del Foreign Office hubieran entrado en razón y le devolvieran el cargo, pero el tono de Bannerman no dejaba lugar a dudas.

—Entonces, ¿eso es todo?

Bannerman se limitó a encogerse de hombros y Max supo por qué le habían enviado a un diplomático de primer nivel en lugar de despacharlo con un simple funcionario, como la vez anterior.

—Ah, ahora lo comprendo... el embajador le ha pedido que hable conmigo para que averigüe si he descubierto algo importante y, en tal caso, para que se deshaga de las pruebas. Yo no soy nada para el Foreign Office. Solo quieren enterrar el asunto.

Bannerman asintió.

—Sí, es cierto. Es un hombre muy astuto, Ransleigh. Como ya he dicho, habría sido un gran diplomático.

—Pero ya no tengo ninguna oportunidad, claro... De hecho, ni siquiera me van a permitir que limpie mi buen nombre.

El subsecretario se encogió de hombros por segunda vez.

—Comprendo que desee borrar esa mancha de su historial, pero si permite el consejo de un amigo, olvídelo todo. El príncipe de Talleyrand ha sido una pieza clave en la vuelta del rey Luis al trono de Francia. Al Foreign Office le disgustaría que alguien encontrara pruebas de que uno de sus hombres estaba involucrado en una conspiración bonapartista. Sería un obstáculo para el equilibrio de poderes que intentamos implantar en Europa.

—De modo que me tengo que sacrificar por el bien de ese equilibrio.

—Talleyrand es fundamental para el futuro de Francia, Ransleigh. Usted debería entenderlo mejor que nadie.

–¿Yo? ¿Por qué?

–¿Es que acaso no arriesgó su vida en Hougoumont para impedir la victoria de Bonaparte y salvar a su país? Por supuesto que la arriesgó. No lo dudó ni un momento... Pues bien, ahora no estamos en guerra, pero la situación es igualmente difícil.

Max asintió con amargura.

–Por supuesto. La reputación de un hombre no es tan importante como sus tejemanejes políticos –dijo–. En fin, veo que estoy perdiendo el tiempo.

–Bueno, yo no diría tanto. Tengo entendido que el coronel Brandon le está buscando un puesto en el Departamento de Defensa...

–En efecto.

–En tal caso, haremos lo que podamos por usted.

–Gracias, señor.

–Buena suerte, Ransleigh. Y salude de mi parte a su esposa.

Max le estrechó la mano y salió del despacho. Al pasar por delante de recepción, un funcionario alzó la cabeza y dijo:

–¡Señor Ransleigh! ¡Tengo una carta para usted!

Max se acercó y recogió la carta. Pocas personas sabían que estaba en Viena, y como Alastair no era precisamente dado a escribir, supuso que sería de su madre o de su tía Grace. Pero se llevó una sorpresa al ver la letra de Caroline en el sobre.

Como no quería leerla en la embajada, se la guardó en un bolsillo y esperó hasta llegar a la suite del hotel, que se encontraba a unas pocas calles de distancia. Luego, rompió el sello y la leyó con avidez.

Mi querido Max:

Te envío esta carta a la embajada porque estoy segura de que pasarás en algún momento por allí. El mercado de invierno ha sido un éxito; hemos vendido todos los caballos y tenemos varios clientes nuevos y unos cuantos encargos para el año que viene. Ahora estoy en Irlanda, cerrando acuerdos con los criadores que trabajaban con mi padre. He visto unas cuantas yeguas prometedoras. Mañana elegiré las que me parezcan más oportunas y volveré a Denby.

Quiero disculparme por la forma en que nos despedimos. Espero que, con el tiempo, puedas perdonarme por no haber sido completamente sincera contigo; y que podamos empezar otra vez.

Con todo mi afecto,
Caroline

Max leyó varias veces el último párrafo y suspiró. A pesar de estar enfadado con ella, la había echado mucho de menos. Se sentía como si hubiera perdido algo importante, una parte crucial de su propia existencia.

Con Caroline, todos los días tenían algo nuevo, una perspectiva que jamás se había planteado, una experiencia que no había vivido. No se parecía a ninguna de las mujeres con las que había estado hasta entonces; podía ser tan exasperante como enigmática, pero siempre era deliciosamente encantadora.

Leyó la carta una vez más y sintió el deseo irrefrenable de volver a verla y de saltar el abismo que los había separado. Además, empezaba a creer que lord Bannerman tenía razón: su búsqueda de *madame* Lefevre estaba destinada al fracaso, y si no podía hacer nada por limpiar su buen nombre, su presencia en Viena carecía de sentido. Era mejor que volviera a Denby Lodge, con su esposa.

Ya había guardado la carta cuando llamaron a la puerta. Cuando abrió, se encontró ante uno de los empleados del hotel.

—Una dama ha venido a buscarlo, señor.

El empleado le dio una tarjeta en la que se leía el nombre de Juliana von Stenhoff. Max sonrió para sus adentros. Juliana era una cortesana con la que había mantenido algunos encuentros amorosos durante su estancia anterior en la capital de Austria.

—¿La dama le ha dado alguna dirección?

—Está esperando en el vestíbulo. Quiere saber si puede recibirlo en sus habitaciones.

Max sintió curiosidad por la visita de su antigua amiga.

—Está bien. Que suba.

Minutos después, Juliana von Stenhoff se presentó en la puerta de la suite entre una nube de perfume caro.

—¡Max! ¡Cuánto me alegro de verte!

Juliana le ofreció una mejilla para que le diera un beso y, tras cumplir con esa cortesía, Max la acompañó al sofá de la suite.

—Me habían dicho que estabas en Viena, pero cuando vine a verte, descubrí que te habías ido al campo...

—Sí, he estado viajando un poco.

—¿Intentando encontrar a Lefevre?

Él asintió.

—En efecto, y sin demasiada suerte... Además, el subsecretario de la embajada me ha aconsejado que abandone la búsqueda. Dice que el asunto está cerrado y que el Foreign Office quiere que siga así.

—¡Oh, lo siento tanto! Si mi palabra tuviera algún valor, declararía que en aquella época estabas conmigo y que, en consecuencia, no pudiste caer bajo los encantos de esa bruja —Juliana soltó una carcajada musical—. Pero me temo que no serviría de nada.

—De todas formas, te lo agradezco.

Juliana le dio una palmadita en el brazo.

—Te aprecio mucho, Max. De hecho, te he extrañado tanto que me preguntaba si podríamos retomar nuestra antigua relación.

—Eso es imposible, Juliana. Me he casado.

Ella se encogió de hombros.

—¡Ah, sí, es verdad! Supe que habías encontrado a una dama rica... supongo que hiciste lo mejor, teniendo en cuenta las circunstancias. Sin embargo, ya sabes que no tengo nada contra los hombres casados, para mí no es un impedimento.

—Quizás no lo sea para ti, pero lo es para mí —declaró Max con firmeza–. Me alegro de haber charlado contigo, Juliana...

Ella lo miró con incredulidad.

–¿Es que lo que hubo entre nosotros no significa nada para ti?

–Al contrario. Fue maravilloso mientras duró –dijo–. Pero ya ha terminado.

–Está bien, como quieras. Nunca me he humillado ante nadie y no voy a empezar ahora. Que disfrutes de tu estancia en Viena, Max.

Juliana se levantó del sofá y caminó hacia la puerta. Max sabía que estaba enfadada; no entendía su negativa a jugar al juego que tantas satisfacciones les había dado.

Antes de salir, la cortesana le lanzó una última mirada y dijo:

–Debe de ser una mujer muy especial...

–Lo es.

Max la imaginó como tantas veces, en su dormitorio de Denby Lodge, bajo la luz de las velas que acariciaba su cuerpo desnudo.

–En tal caso, te deseo buena caza.

Él se rio.

–Gracias, Juliana.

La elegante y esbelta cortesana salió de la suite. Max pensó que no se parecía nada a Caroline Denby. No tenían ni los mismos modales ni la misma cultura ni el mismo gusto, pero a pesar de sus diferencias, compartían una especie de sensualidad profunda: cultivada y calculada en Juliana y natural y espontánea en su esposa.

Extrañaba mucho a Caroline. Anhelaba su presencia, su conversación, su contacto. La quería otra vez en su vida. Y aunque era consciente de sus temores, se dijo que podían mantener relaciones placenteras para los dos sin someterla al peligro de quedarse embarazada.

Definitivamente, había llegado el momento de olvidarse de Viena y regresar a Inglaterra. Sabía que tenía que pasar por Londres para hablar con el coronel Brandon, pero luego, en cuanto fuera posible, volvería a Denby Lodge.

Capítulo 21

Caroline estaba en los establos, examinando las yeguas que acababan de llegar de Irlanda. Tenía miedo de que hubieran sufrido algún percance durante el viaje, pero se encontraban en buenas condiciones y pensó que podía empezar a trabajar con ellas al día siguiente.

Luego, suspiró e intentó no dejarse dominar por la tristeza. El día en que Max se marchó, se sintió aliviada por no tener que volver a luchar contra el deseo, pero más tarde, se arrepintió amargamente de haber causado su marcha. Echaba de menos sus conversaciones, su apoyo y sus paseos a caballo por los campos de Denby Lodge, pero sobre todo, echaba de menos sus caricias.

Y había algo más.

Al principio, Caroline había intentado convencerse de que sus súbitos cambios de humor y sus ganas repentinas de romper a llorar eran una expresión de nerviosismo ante la apertura del mercado de invierno. Al fin y al cabo, iba a ser la primera vez que vendiera caballos sin la ayuda de su padre. Sin embargo, ya no se podía engañar a sí misma. Le pasaba algo, y no tenía nada que ver con los establos ni con la ausencia de Max.

Durante el mes anterior, se había levantado todos los días con el estómago revuelto; a veces, las náuseas eran tan intensas que vomitaba antes de levantarse. El olor y el sabor de algunas comidas le resultaba nauseabundo; se cansaba con demasiada facilidad y sus pechos habían aumentado de tamaño.

Luego, por segundo mes consecutivo, él volvió a faltar la menstruación que, hasta entonces, siempre había sido puntual como un reloj. Y por mucho que le disgustara, no tuvo más remedio que admitir que estaba esperando un hijo.

Tras el pánico inicial, llegó a una especie de resignación tranquila. Le parecía injusto que una sola noche de amor tuviera consecuencias tan graves, pero no podía hacer nada al respecto, así que decidió dedicar su escasa energía al entrenamiento de los caballos que vendería al año siguiente y a la reproducción de sus nuevas adquisiciones.

Mientras estaba en Irlanda, escribió a Max. Para entonces, ya no tenía dudas sobre su estado, pero se lo calló porque no quería que se sintiera obligado a volver a Denby Lodge por ese motivo.

Quería que volviera por ella.

La tristeza la volvió a dominar. Si Max no volvía, ni siquiera tendría derecho a recriminárselo. Al fin y al cabo, le había dado permiso para que viviera lejos, en un Londres que a su esposo le resultaba tan familiar y cercano como a ella los campos de su propiedad.

¿Por qué iba a volver a Denby Lodge cuando tenía un trabajo importante en la capital de Inglaterra y podía saciar su deseo con sirenas expertas en el arte del amor?

Tras dejar Irlanda, Caroline había pensado que podría superar su melancolía y que el trabajo con los nuevos caballos le devolvería la energía y el entusiasmo perdidos. Pero por primera vez en su vida, la visión de Denby Lodge no tuvo el menor efecto en ella.

Max ocupaba todos sus pensamientos. Cada vez que salía a montar y veía la pradera que estaba junto al río o el bosque del otro lado de la casa, se acordaba de sus conversaciones y sus confidencias. Estaba en todas partes, como si su alma hubiera dejado una huella indeleble en cada metro cuadrado de Denby Lodge.

Desesperada, se dijo que tenía esa impresión porque estaba embarazada de él. Ahora que había superado el terror inicial, se sentía ferozmente protectora con su bebé. Max Ransleigh era como el príncipe de los cuentos que de vez en cuando visitaba a una campesina: un hombre fascinante y más grande que el mundo, un hombre al que una sencilla mujer del campo no podía retener. Pero si el bebé sobrevivía al parto, esa mujer le dejaría un tesoro.

Se llevó una mano al estómago y volvió a fantasear, como tantas veces, con la posibilidad de que volviera con ella.

No podía esperar que se quedara mucho tiempo en Denby Lodge; especialmente, porque le había confesado que no sabía si quería ser padre. Pero pensó que, si Max volvía, ella olvidaría sus miedos e inhibiciones y haría todo lo que estuviera en su mano por seducirlo tantas veces como fuera posible.

Deseaba explorar la profundidad del deseo que albergaba. Hasta que él volviera a Londres o hasta que su cuerpo cambiara tanto que ya no le resultara atractiva.

Si volvía.

Caroline suspiró, miró al mozo de cuadra que se acercaba con la siguiente yegua, y volvió al trabajo.

Dos semanas después, Caroline estaba trabajando con una de las yeguas cuando vio que alguien se acercaba. Al principio no le prestó mucha atención, pero después notó algo familiar en su porte.

No podía ser. Parecía Max.

Su incredulidad se transformó en sorpresa y la sorpresa en entusiasmo. Rápidamente, saltó la valla del cercado y corrió hacia él.

—¡Max! ¿Eres tú?

Max se detuvo ante ella.

—¿Me has echado de menos?

—Más de lo que creía posible —respondió con alegría.

Él sonrió.

—Entonces, ¿por qué no me lo demuestras?

Caroline pasó los brazos alrededor de su cuello y asaltó su boca con ansiedad, hasta que los dos se quedaron sin aliento.

Por fin, Max rompió el contacto y dijo:

—¡Menuda bienvenida...! Pero llevo tantas horas a caballo que estoy cubierto de mugre. Permíteme que entre en la casa y me asee un poco. ¿Qué te parece si tomamos un té cuando termine? Tenemos tantas cosas de las que hablar...

—Me encantaría. Dame unos minutos para que hable con Newman y le diga lo que tiene que hacer.

Él asintió.

—¿Nos vemos en el salón dentro de una hora?

—Hecho.

Max le dio un beso en la punta de la nariz.

—Hasta ahora, cariño.

Caroline estaba tan contenta que no cabía en sí de gozo. Max había regresado. Y al menos por el momento, todos sus miedos y preocupaciones habían desaparecido.

Al reconocer la inmensidad de la alegría y el alivio que sentía, tuvo que admitir una verdad que ya sospechaba; a pesar de su sentido común y de ser consciente de las consecuencias que implicaba, se había enamorado de su esposo. Era un hecho tan indiscutible como que se había quedado embarazada, y no podía hacer nada por proteger su corazón.

Ni siquiera la importaba la posibilidad de que sus sentimientos no fueran recíprocos. En el peor de los casos, podría seducirlo y hacer el amor con él.

Mientras estuviera en Denby Lodge, podría disfrutar de su presencia y de su contacto.

Llamó a Newman y volvió a los establos.

Tras hablar con el capataz, Caroline corrió a su habitación y pidió a Dulcie que la ayudara a ponerse el mejor y más bonito de sus vestidos. Cuando se miró al espejo, pensó que su embarazo había tenido una consecuencia indiscutiblemente positiva: sus pechos eran aún más grandes y voluptuosos.

Tanto como para que Max no pudiera dejar de mirarlos.

Despidió a la criada y bajó al salón. Su esposo estaba junto a la chimenea, de espaldas a la puerta, mirando el fuego.

—Bienvenido a casa.

Max se giró, la saludó y, para satisfacción de Caroline, clavó la vista en su escote. Ella se excitó inmediatamente, por la intensidad de su mirada y por la perspectiva de volver a sentir sus manos y su boca en los pechos.

Le iba a dar una bienvenida que no olvidaría nunca.

Mientras su esposa servía el té, Max pensó que estaba más bella que nunca. Se había puesto el vestido verde que tanto le gustaba, y la visión de sus pechos en el escote escandalosamente pronunciado era tan magnífica que tomó la decisión de regalarle una docena de vestidos como ese.

La boca se le había hecho agua. Tenía intención de interesarse por los caballos y el viaje a Irlanda antes de responder a sus preguntas sobre Viena, pero ahora no pensaba en otra cosa que llevarla a la cama y enseñarle los muchos y muy intensos caminos del placer.

–¿Has sabido algo del coronel Brandon? ¿Te ha conseguido ese puesto en el Departamento de Defensa? –preguntó ella al darle su taza–. Supongo que habrás hablado con él antes de venir a Denby Lodge.

–Quería pasar por Londres, pero cambié de opinión al final. Pensé que podría esperar aquí hasta que tenga noticias suyas.

–Por supuesto. Te puedes quedar tanto tiempo como quieras –dijo ella, bajando la mirada–. Max... siento mucho que nos despidiéramos de esa forma. Como te dije en mi carta...

–No tienes que disculparte, Caroline, no tienes que explicarme nada –la interrumpió–. Habría preferido que me lo dijeras antes de la boda, pero no me has decepcionado. Tus términos fueron tan claros como tajantes. La culpa es mía por malinterpretarte.

–Aun así, debería habértelo contado. Estaba convencida de que no me perdonarías, de que no volvería a verte.

–¿Que no volvería a verte? Por Dios, Caroline... tenía que volver –afirmó–. Echaba de menos a mi esposa.

Ella sonrió con timidez.

–¿Lo dices en serio?

–Sí. Y tú también me has extrañado, ¿verdad?

Caroline asintió y dejó su taza en la mesa.

–¿Quieres que te demuestre hasta qué punto?

–Por favor...

Ella le puso las manos en los hombros y lo besó. Él respondió con una avidez que se convirtió en deseo incontrolado cuando Caroline le abrió la camisa y le acarició el pecho sin dejar de lamerle y mordisquearle los labios.

Max casi no podía respirar. Cuando rompió el contacto, cerró las manos sobre sus muñecas para que dejara de torturarlo con sus caricias.

–Me encanta tu forma de darme la bienvenida... pero si no te detienes, no podré esperar hasta la noche para hacerte el amor.

–Pero yo no quiero que esperes, esposo mío.

Caroline se soltó y llevó las manos de Max a sus pechos.

–Tócame, te lo ruego –continuó–. He ansiado tanto tu contacto...

–Y yo tanto el tuyo...

Súbitamente, él se levantó y se alejó. No quería que la aparición repentina de algún criado o alguna doncella arruinara lo que prometía ser una reunión espectacular.

–¿Adónde vas? –preguntó Caroline, desconcertada.

–A ninguna parte. Enseguida estoy contigo.

Max caminó hasta la chimenea, alcanzó la llave que estaba en la encimera y cerró la puerta antes de regresar al sofá.

–¿Por dónde íbamos, preciosa mía?

Ella arqueó una ceja y le volvió a ofrecer sus senos.

–Por aquí, mi amado.

–Me encanta tu aquí...

Él se inclinó y le lamió la piel de la parte superior de los senos. Caroline soltó un grito ahogado y se bajó el canesú de un tirón. Al ver sus pechos desnudos, Max se llevó una sorpresa de lo más agradable; al parecer, su esposa se había puesto el vestido sin las varillas de la ballena ni la camisa habitual.

Inclinó la cabeza y le succionó los pezones. Entre tanto, ella llevó una mano a su entrepierna y le desabrochó el pantalón. Max notó un poco de frío cuando lo liberó de la barrera de la ropa, pero el calor de su mano lo apagó un momento después.

Y entonces, le empezó a masturbar.

–No sigas, cariño... –dijo con voz entrecortada–. Si sigues, no duraré mucho... deja que te demuestre antes lo mucho que te he extrañado.

–Soy toda tuya –Caroline echó los hombros hacia atrás, mostrándole nuevamente sus senos desnudos–. ¿Qué le parece esto, señor? ¿Le gusta lo que ve?

–Me encanta.

–Entonces, demuéstremelo.

Max se volvió a inclinar y le acarició un pezón con los dedos mientras se dedicaba a lamer y a succionar el otro.

A ella le gustó tanto que le clavó las manos en la espalda.

—¿Y a ti, te gusta? —preguntó él.

—Oh, sí...

Entre gemidos, Caroline separó las piernas para darle acceso al lugar que más lo deseaba. Max siguió succionando y acariciando sus senos, pero llevó una mano a la cara interior de sus muslos, ascendió un poco y, tras encontrar su humedad, la acarició con delicadeza.

Los gemidos de Caroline se transformaron en jadeos. Max cambió y aumentó el ritmo de sus atenciones en función de las respuestas de su esposa. Le metió un dedo y luego otro, sin dejar de acariciarle el clítoris con el pulgar ni de lamer y mordisquear sus pezones. Y, poco después, ella gritó y alcanzó el orgasmo.

Durante unos momentos, Caroline permaneció tumbada en el sofá, inmóvil. Luego, abrió los ojos y sonrió.

—Ha sido maravilloso...

Él se sintió inmensamente satisfecho y halagado.

—Gracias. También lo ha sido para mí.

—¿De verdad? No sé, a mí me parece injusto... me has dado placer y yo no te he dado nada.

—Verte es un placer.

—Debería devolverte el favor; si me lo permites, claro. Aunque no estoy muy segura de lo que debo hacer —le confesó—. Tal vez puedas guiarme...

Caroline volvió a cerrar una mano sobre el sexo de Max, que la detuvo.

—No creo que sea necesario, esposa mía. Tienes un talento natural para estas cosas.

—¿Y no te satisface? –preguntó con ansiedad.
Él volvió a sonreír.
—Me satisface enormemente.
—Me alegro, porque nunca he sido una dama precisamente decorosa. Y cuando estoy contigo, ni siquiera quiero comportarme como una dama... ¿Puedo seguir?

Max no quería que siguiera adelante, prefería llevarla a la habitación y hacerle el amor durante horas y horas. Pero el contacto exquisito de sus manos y el simple hecho de que lo estuviera masturbando así, en el salón de la casa, a plena luz del día, le resultó tan erótico y le excitó tanto que, simplemente, no se pudo contener.

—¿Te gusta?
Él gimió.
—Sí...
—Bien.

Caroline tomó su boca y empezó a mover la mano con suavidad, arriba y abajo, aumentando el ritmo de la misma manera en que él lo había aumentado con ella momentos antes. Hasta que, por fin, llegó al clímax.

Durante unos minutos, se limitaron a permanecer abrazados, en silencio. Max podía oír los latidos de su corazón, cada vez más regulares, y se sintió súbitamente esperanzado con el éxito de su matrimonio.

—Creo que nos deberíamos vestir, esposa mía... antes de que los criados se escandalicen.

Ella sonrió.

—¿Y por qué se iban a escandalizar? —replicó—. Somos marido y mujer. Lo somos desde hace tiempo.

Max le devolvió la sonrisa, pero no dijo nada.

—Está bien... supongo que tienes razón —dijo—. Aunque siento informarte de que te he manchado el pañuelo que llevabas.

—Y yo, de que te he roto el encaje del canesú.

Ella lo miró con picardía.

—Creo que pediré que me preparen un baño. ¿Me acompañas?

—No me lo perdería por nada del mundo.

Caroline suspiró y se levantó. Él la ayudó a ponerse bien el arruinado canesú y ella, a cerrarse la camisa y abrocharse los pantalones.

—Bueno, no tenemos un aspecto precisamente respetable, pero al menos estamos vestidos —Caroline lo tomó de la mano—. ¿Te importa que vayamos juntos? Puede que me exceda, pero no me canso de tocarte... ¿Eso te disgusta?

—En modo alguno, mi vida. Yo tampoco me canso de tocarte a ti.

Como los criados tenían que llenar la enorme bañera, se separaron y se dirigieron a sus respectivos dormitorios. Momentos después, él llamó a la puerta de Caroline y ella le abrió. Estaba en bata, junto a una bañera de agua humeante.

Al verlo vestido de la cabeza a los pies, Caroline frunció el ceño.

—Esperaba que me ayudaras a bañarme, pero no estás preparado.

—¿Es que quieres que yo también me bañe?

—Si te apetece...

—Me encantaría.

—Entonces, déjame que sea tu ayuda de cámara.

Y Carolina lo fue. Casi lo volvió loco con el proceso. Lo desnudó por partes y frotó cada zona de piel a medida que le quitaba la ropa. Pero al cabo de un rato, después de darle un beso, puso fin a sus caricias y dijo:

—Deberíamos meternos antes de que el agua se enfríe.

Caroline se quitó la bata y se metió. Esperaba que Max se sentara frente a ella, y se llevó una sorpresa cuando se puso detrás y le acarició los pechos.

—Quiero sentirte dentro —dijo ella.

—No, cariño, no quiero que te arriesgues. Te enseñaré otras formas de placer.

Caroline no lo dudó. Se levantó lo justo para darse la vuelta, se puso a horcajadas sobre Max y, antes de que él pudiera evitarlo, descendió sobre su sexo.

—¿Qué estás...?

—¿No te sientes mejor así?

En algún lugar de su mente, una voz dijo a Max que debía apartarla y salir de ella, pero Caroline lo besó y empezó a mover las caderas arriba y abajo, borrando en él todo resto de pensamiento. Ya no había nada salvo la humedad, el calor y las oleadas de sensaciones que aumentaron la tensión hasta que ella gritó y se retorció de placer. Max alcanzó el orgasmo casi al mismo tiempo, vaciándose.

Cuando se dio cuenta de lo que había pasado, intentó disculparse.

–Lo siento, Caroline. Yo no quería...

Ella le puso un dedo en los labios.

–No digas nada. Ya no tienes que preocuparte.

–¿Por qué? ¿Es que has descubierto que las mujeres de tu familia no están malditas?

–No. Es que estoy embarazada.

Max se quedó tan perplejo que tardó varios segundos en hablar.

–¡Vas a tener un niño! ¿Estás segura?

–Prácticamente.

–¿Y qué vamos a hacer?

–No hay nada que podamos hacer, Max... excepto esto. Divertirnos.

Max la miró con tanta preocupación que ella intentó tranquilizarlo.

–Lo que pase ahora está en las manos de Dios. Pero si saliera mal y...

–Ni lo pienses –la interrumpió.

–Si saliera mal –insistió ella–, al menos habré disfrutado de los placeres de la vida. Y te aseguro que ningún placer es más dulce que este. ¿A ti no te parece maravilloso?

–Sí, desde luego, pero deberías ver a un médico. Acompáñame a Londres cuando vaya a hablar con el coronel Brandon. Estoy seguro de que habrá algún especialista que te pueda examinar y determinar...

–No, Max. Mi prima Anne consultó al mejor médico de Londres. La examinó a fondo y se rio de ella porque dijo que estaba perfectamente bien... Pero hay una parte buena en la maldición familiar. Las mujeres que sobreviven al primer parto no tienen ningún problema con los siguientes.

–Bueno, espero que tú estés en ese grupo...

Ella asintió.

–Yo también. Y no voy a vivir estos meses como si me hubieran condenado al patíbulo, quiero saborear cada minuto. ¿Me ayudarás?

–Por supuesto.

Caroline se puso sería de repente.

–Max, sé que no tenías deseos de ser padre. Haré lo que pueda para que el bebé no sea una carga para ti –le prometió–. Denby Lodge es un lugar perfecto para tener niños.

Max todavía no había asumido la noticia de que iba a ser padre, pero cuanto más lo pensaba, más le gustaba. Miró a su esposa con afecto y preguntó:

–¿Estás contenta ante la perspectiva?

–Mucho –dijo–. Pero quiero pedirte un favor.

–Pídeme lo que quieras.

–Duerme conmigo esta noche. Deja que te toque, que te pruebe... por todas partes.

–Con gusto, esposa mía. Y ahora, será mejor que salgamos del agua, se está quedando helada y nos vamos a acatarrar.

–Entonces, pediré que nos suban la cena a la habitación. Quiero cenar contigo sin que lleves otra cosa que tu bata; así sabré que no tienes nada debajo y que soy libre para explorarte cuando lo desee.

Salieron de la bañera, se pusieron las batas y subieron a la habitación. Cuando llegó la comida, Max descubrió que estaba hambriento y asaltó el jamón, el queso y la cerveza con gran entusiasmo. Hablaron de sus indagaciones en Viena, de los establos de Caroline y de sus perspectivas para el año siguiente.

Al final, Max la tomó de la mano y se la besó.

—Y ahora, ¿qué te parece si nos vamos a la cama?

—¿Ya has terminado de comer, glotón mío? Espero que tu apetito para los otros placeres sea tan robusto como el que has dedicado a la comida.

—Descuida. Estaré encantado de demostrarte lo insaciable que puedo llegar a ser.

—Espléndido...

Una hora más tarde, después de hacer el amor, Max la tomó entre sus brazos y sonrió para sus adentros. No podía ser más feliz. Estaba con una mujer inteligente y atenta que podía ser la persona más firme y paciente del mundo cuando trabajaba con sus caballos y la más sensual y apasionada en la cama.

Era especial, única.

Y era suya.

Max se despertó varias veces a lo largo de la noche, y en todos los casos fue para descubrir que Caroline le estaba tocando: los hombros, los músculos de su pecho o el contorno de su sexo. Entonces, él le demostraba hasta qué punto llegaba su deseo. Y después, se volvían a quedar dormidos.

Fue una noche tan larga que durmieron hasta poco antes del mediodía. Al ver el sol en lo alto, Caroline gimió y dijo:

—Me temo que tengo que ir a trabajar. Aunque contigo aquí, daría cualquier cosa por poder quedarme.

—No te preocupes. La cama seguirá en la habitación cuando termines de trabajar. Y yo también, por cierto.

Para alegría de Max, su esposa le pidió que lo acompañara a los establos. Naturalmente, aceptó, y se quedó maravillado cuando unos minutos después, al bajar a desayunar, Caroline se mostró tranquila con los criados de la casa. Ya no era la jovencita tímida de Barton Abbey; ahora era una mujer que no se espantaba ante el hecho evidente de que los criados sabían lo que habían estado haciendo.

Ya en el exterior, Max se dedicó a observarla mientras ella tranquilizaba a una de las yeguas que había comprado en Irlanda.

—Tienes mucho talento con los caballos...

—En realidad es fácil. Solo hay que estar atento a lo que te dicen con los movimientos del cuello, las orejas y las patas. ¿Quieres probar?

—No sé si debería. Podría cometer un error y complicarte su entrenamiento...

—No pasará nada. Los caballos lo perdonan todo si sienten que tus intenciones son buenas. Además, te enseñaré lo que tienes que hacer.

Max asintió y su esposa le enseñó cómo sostener las riendas, cuánta presión debía aplicar al ronzal y qué ordenes verbales debía utilizar. La yegua obedeció y trazó círculos a su alrededor, tranquilamente, como lo había hecho antes con Caroline.

–Excelente. Tú también tienes talento...

Max se sintió muy halagado.

–¿Qué hacemos ahora?

–La soltaremos en la pradera, para que corra un poco y luego la devolveremos a los establos –le informó.

Tras soltar a la yegua, Caroline miró a Max con intensidad.

–¿Qué estás pensando? –le preguntó.

Él le dedicó una sonrisa.

–Pensaba en la cama. O en tomar el té... como ayer.

–Las camas no están mal, pero a mí siempre me ha gustado el olor de un buen granero. Todo ese heno fresco, acumulado en montones tan blandos como un colchón de plumas...

Caroline se puso de puntillas y le pasó la lengua por los labios. Max se excitó al instante.

–¿Tan blando como un colchón de plumas, has dicho?

–En efecto.

Max la llevó al granero y cerró la puerta con intención de tomar la iniciativa, pero ella se le adelantó. Se quitó la chaqueta, se desabrochó la blusa y le enseñó sus pechos desnudos.

–¿Te apetecen? –dijo en voz baja.

Él soltó un gemido, se inclinó y cerró la boca sobre uno de sus pezones, que mordisqueó con suavidad. Ella echó la cabeza hacia atrás y se dejó hacer un rato, hasta que decidió que necesitaba ir más lejos. Entonces, llevó las manos a sus pantalones, se los aflojó e introdujo una mano por debajo de la tela.

Se desnudaron rápidamente y se tumbaron en uno de los montones de heno, que resultó ser tan cómodo como Caroline había prometido. Luego, Max la penetró y se empezó a mover muy despacio. Ella intentó acelerar el ritmo, pero él se lo impidió y adoptó uno cambiante y levemente *in crescendo* que estuvo a punto de volverla loca.

Tras el orgasmo, Max se dedicó a juguetear con su cabello y a admirar sus senos grandes y voluptuosos, cuyos pezones aún estaban hinchados por las caricias que habían recibido.

–No dejas de asombrarme, Caroline. Eres tan apasionada...

–No lo puedo evitar. Si las jovencitas supieran lo que se siente al hacer el amor, jamás llegarían vírgenes al matrimonio.

–Pero no siempre es tan placentero...

–¿Ah, no?

–Siempre es divertido –puntualizó–, pero no suele ser tan maravilloso. Eso es cosa tuya, esposa mía. Es por ti.

Caroline sonrió.

–No, yo creo que es por ti. Y quiero darte las gracias, Max. No sabía que se pudiera ser tan feliz.

En ese momento, Max oyó voces en el exterior.

–Será mejor que nos vistamos. No querrás que

demos un espectáculo a los mozos de cuadra, ¿verdad?

Los dos se vistieron a toda prisa y salieron al granero. Al ver otra vez la luz del sol, Max respiró hondo y pensó que en aquel lugar disfrutaba de una paz mucho más profunda que la que había experimentado en Londres y Swynford Court. Allí no estaba obligado a satisfacer a un padre dictatorial ni a competir para que le dieran un cargo. Allí solo estaba la sensual, franca y preciosa Caroline.

—Bueno, ¿qué hacemos ahora? —preguntó él, quitándole una pajita del pelo.

Caroline estaba a punto de responder cuando apareció un hombre rubio que la dejó momentáneamente sin habla.

—¡Harry!

Max se giró y vio que su mujer salía corriendo hacia los brazos de la persona con la que siempre se había querido casar.

Capítulo 22

Harry Tremaine alzó a Caroline y le dio varias vueltas antes de dejarla en el suelo. Max notó que llevaba el uniforme del 33 Regimiento de Infantería.

–¡Caroline! ¡Cuánto me alegro de verte!

–¿Cuándo has vuelto? ¿Por qué no has escrito para avisarme de tu llegada?

Al ver a Max, Harry frunció el ceño y se apartó.

–Porque no he tenido tiempo –dijo–. Al recibir tu carta, hablé con mi coronel. Resultó que necesitaba enviar a alguien a Inglaterra por ciertos asuntos del regimiento, y me presenté voluntario.

–¿Mi carta? –preguntó, desconcertada.

–Sí, la que me escribiste para decirme que Woodbury pretendía vender los establos. Tenía miedo de no llegar a tiempo... –Harry notó que tenía heno en el pelo y la miró con extrañeza–. ¿Qué has estado haciendo? Cualquiera diría que...

Harry se giró otra vez hacia Max y le lanzó una mirada helada.

–¿Es que has estado con este hombre? –continuó.

Caroline se puso roja como un tomate. Pero antes de que Max pudiera intervenir para decir un par de cosas al recién llegado, ella recobró el aplomo y dijo:

–Tengo muchas cosas que contarte, Harry... aunque será mejor que empecemos por las presentaciones. Max, te presento al teniente Harry Tremaine, mi más viejo y querido amigo. Harry, te presento a Maximilian Ransleigh.

Los dos hombres se saludaron sin demasiado entusiasmo.

–Maximilian Ransleigh... usted es hijo del conde de Swynford, ¿verdad? –preguntó Harry–. Supongo que habrá venido a comprar caballos... en tal caso, espero que encuentre lo que desea y que se pueda marchar con rapidez.

Max estuvo a punto de perder la paciencia, pero una vez más, Caroline se le adelantó.

–¿Podrías dejarnos un momento a solas, Max? Necesito hablar con Harry para decirle lo que ha pasado desde que le envié aquella carta.

–¿Se puede saber que ocurre? –dijo Harry, molesto.

Ella suspiró.

–Max es mi marido.

–¿Tu marido?

–¿Es que no lo sabías...?

–No, no tenía ni idea –respondió.

–¿Nos dejas a solas, Max?

Max habría preferido echar a Harry a patadas, pero

era un buen amigo de su esposa y se dijo que merecía algún tipo de explicación, así que refrenó sus impulsos iniciales.

–Muy bien. Te veré después –dijo–. Pero sé rápida.

–Gracias. ¿Me acompañas al cercado, Harry? Mientras hablamos, te enseñaré las yeguas que he comprado en Irlanda.

Max se alejó hacia la casa, intentando refrenar su enfado, su rabia y los celos que envenenaban su corazón.

Aquel era el hombre que Caroline amaba, el hombre con el que siempre se había querido casar. Max no se había preocupado mucho por el teniente Tremaine porque sabía que estaba al otro lado del mundo, pero ahora había regresado.

¿Había cometido un error al dejarlo a solas con su esposa?

Tras dos días de amor, Max suponía que Caroline estaría saciada, pero por otra parte, le había demostrado que su apetito sexual era insaciable.

¿Intentaría satisfacerlo con Tremaine?

–Basta ya –se dijo en voz alta–. Deja de pensar en esos términos.

Caroline le había prometido lealtad, y estaba seguro de que cumpliría su promesa. Le diría unas cuantas cosas sobre Tremaine cuando volviera a la casa, pero no la ofendería ahora por el procedimiento de montarle una escena.

Entró en la biblioteca y se sirvió una copa de brandy para calmar su inquietud. Solamente esperaba que la conversación de su esposa con el teniente fuera breve.

Entre tanto, Caroline distrajo a Harry durante unos minutos con las cosas de Denby Lodge, pero evidentemente, su amigo tenía intereses y preocupaciones bastante más importantes que los caballos.

–¿Cómo es posible que te hayas casado? ¡Es inaudito!

–¿Inaudito? ¿Es que te parece extraño que alguien se quiera casar conmigo? Vas a conseguir que me enfade, Harry –bromeó, intentando bajar la tensión.

–Sabes perfectamente que no me refería a eso –dijo con impaciencia–. ¿El matrimonio es definitivo? ¿No se puede anular?

–No. Nos casamos por la iglesia y ante testigos –explicó–. Lo siento mucho, Harry. Supongo que te sentirás traicionado, pero era la única alternativa que tenía.

–Lo comprendo. No me gusta, pero lo comprendo. ¡Maldito Woodbury! Si yo hubiera estado aquí, te habrías casado conmigo. Y si la India no estuviera tan lejos, habría vuelto antes de que fuera demasiado tarde.

–Pero no estabas, Harry.

Él sacudió la cabeza.

–¿Y qué voy a hacer ahora? Siempre pensé que nos casaríamos.

Los ojos de Caroline se llenaron de lágrimas.

—Yo también lo pensaba —se defendió—, y si las circunstancias hubieran sido distintas... pero no lo fueron, y me alegro de haber elegido a Max. Sé que te gustaría, Harry. Es inteligente, amable y, sobre todo, comprende mi trabajo y me apoya sin reservas.

—Tu marido no me puede gustar. Ese hombre tiene lo que deseo.

Caroline sintió otra punzada de tristeza.

—Oh, Harry... Sé que algún día encontrarás a una mujer que te merezca; probablemente, una dama mejor que yo.

—Tendrás que perdonarme si, en este momento, tu previsión no me anima demasiado —declaró con amargura.

—Por si te sirve de algo, te diré que yo tardé mucho en asumir lo que había hecho. Pero al final, lo asumes.

—Ven conmigo, Caroline —le rogó—. Podemos huir y marcharnos a cualquier otra parte...

Ella sonrió.

—Sabes perfectamente que no es posible.

Harry guardó silencio.

—En fin, eso es todo —continuó—. Será mejor que vuelva con Max.

—Sí, claro, no querrás que se ponga celoso.

Caroline soltó una carcajada.

—Dudo que sienta celos de ti, pero no me quiero arriesgar a que nos vean y se organice otro escándalo.

Cuando ya se disponía a volver a la casa, Harry se acercó a ella y le puso las manos en los hombros.

–Quiero abrazarte otra vez, como si fueras mía...

Antes de que Caroline se pudiera apartar, su viejo amigo la tomó entre sus brazos y la besó en la boca. Ella se quedó perpleja, pero reaccionó enseguida y lo apartó con un movimiento brusco.

–¡La última vez que hiciste eso, te lancé un plato a la cabeza! –declaró, enfadada–. ¿Quieres que lo vuelva a repetir?

Él suspiró.

–Supongo que me lo tendría merecido. Pero no te preocupes, soy un hombre de honor y no volveré a cruzar esa línea.

Caroline lo miró a los ojos y supo que era sincero.

–Anda, acompáñame a la casa. Aún somos amigos, ¿verdad? Me gustaría que Max y tú os llevarais bien.

–Eso es imposible, Caroline. Quizás más tarde, cuando vuelva de la India y lo haya superado... pero no te preocupes, en tal caso, enviaré una nota antes para que hables con tu marido y le preguntes si puedo pasar a visitarte.

Ella asintió.

–Sí, supongo que sería lo adecuado.

Harry cerró los ojos un momento. Obviamente, estaba lejos de asumir lo sucedido.

–Bueno, me voy. Espero que seas muy feliz, amiga mía.

–Adiós, Harry. Saluda a tu familia de mi parte.

Harry inclinó la cabeza en gesto de despedida, montó en su caballo y se marchó.

Mientras su amigo se alejaba, Caroline pensó que el beso de Harry había servido al menos para confirmarle que estaba enamorada de su esposo. No había sentido nada; ni un estremecimiento, ni una sombra de deseo, ni un destello de placer. Ahora pertenecía a Max. Era completamente suya.

Pero tenía que volver a la casa.

Max la estaba esperando.

Capítulo 23

Max se acababa se servir otra copa de brandy cuando alguien llamó a la puerta de la biblioteca. Automáticamente, pensó que sería Caroline, pero era el mayordomo. Llevaba una carta que había llegado poco antes.

Al reconocer la letra del coronel Brandon, rompió el sello y la leyó.

El coronel le había escrito para informarle de que había encontrado un puesto interesante en el Departamento de Defensa. Al parecer, quería que viajara a Londres para que le diera su opinión. En otras circunstancias, Max no lo habría dudado, habría hecho las maletas y se habría puesto en marcha inmediatamente. Pero no le agradaba la idea de dejar Denby Lodge. La aparición del teniente Harry Tremaine cambiaba las cosas.

Momentos después, volvieron a llamar a la puerta. Era Caroline. Max se sintió tan feliz al verla que se acercó y le dio un beso en la frente.

—¿Dónde está tu amigo?

—Se ha ido a ver a su familia.

—Espero que vuestra conversación no haya sido demasiado dolorosa —declaró con sinceridad.

—Y yo espero que no te hayas enfadado mucho. Tenía que verlo a solas, Max, le debía una explicación.

—No, no me he enfadado.

—Su aparición ha sido tan inesperada que le he dado una bienvenida demasiado entusiasta... También te pido disculpas por ello. Había olvidado que le escribí cuando supe lo de Woodbury, antes de ir a tu casa. No llegué a echar la carta al correo, pero es obvio que uno de los criados de Elizabeth la vio y la franqueó por mí.

—¿Cómo se lo ha tomado?

—No muy bien, pero es un hombre de honor, como tú —contestó—. En cualquier caso, te hice una promesa de fidelidad que estoy más que dispuesta a cumplir. Soy tuya, Max —le confesó—. Mi afecto es todo tuyo.

Aunque Max ya lo sabía, sus palabras sirvieron para tranquilizarlo. Y como ya no había peligro, se acordó de la misiva del coronel.

—Brandon me acaba de escribir. Tengo que viajar a Londres para hablar con él... ¿Por qué no vienes conmigo? Podrías ver a un médico y comprar lo que necesites.

Ella sacudió la cabeza.

—Ya te he dicho que ningún médico me puede ayudar. Y, por otra parte, tengo todo lo que necesito

–afirmó–. No, tengo que quedarme aquí, en el lugar al que pertenezco, haciendo el trabajo que tú salvaste cuando te casaste conmigo.

Max la miró con una sombra de tristeza.

–¿Estás segura, Caroline? Quizás deberías descansar un poco. A fin de cuentas, estás embarazada.

–Descontando las náuseas matinales, me encuentro bastante bien. Supongo que en algún momento tendré que dejar de montar, pero quiero aprovechar el tiempo que me queda –respondió.

–Si no quieres ir a Londres, deja que te lleve a ver al médico del pueblo. Sinceramente, me sentiría mejor.

Ella suspiró.

–De acuerdo. Si vas a estar más tranquilo...

–Por supuesto que sí. Por si no lo recuerdas, soy responsable de tu estado. Quiero tomar todas las precauciones posibles.

–Sí, supongo que te sientes responsable, pero fue cosa de los dos.

Max la tomó de la mano.

–No puedo creer que vaya a ser padre.

–Te entiendo perfectamente. A veces, yo tampoco puedo creer que vaya a ser madre... Pero dime, ¿estarás de vuelta antes del parto?

–¡Faltaría más! De hecho, es posible que vuelva muy pronto, en cuanto hable con el coronel. Aunque hayas rechazado mi oferta, estoy decidido a convencerte para que vayamos a Londres, te tomes unas vacaciones más que merecidas y visites a un médico.

—En el campo también hay buenos médicos, Max.

—No lo dudo, pero comprende mi preocupación. Tú eres... —Max dudó un momento, como si intentara encontrar las palabras adecuadas—. Tú eres muy importante para mí.

Ella se acercó y le dio un beso.

—Bueno, basta de preocupaciones. Ahora tengo que volver a los establos, pero esta noche, cuando vuelva a la casa, te demostraré lo mucho que te deseo.

Caroline se metió un dedo en la boca, lo lamió un poco y, a continuación, se lo pasó lentamente por los labios.

—Hasta esta noche, esposo mío.

Max sonrió y admiró su cuerpo mientras se alejaba. Caroline no dejaba de sorprenderlo. La decepción que había sufrido tras el fiasco de Viena y los celos por la visita de Tremaine ardieron en la llama de esperanza que había prendido en su espíritu.

Ahora tenía una esposa maravillosa que, con un poco de suerte, le daría un hijo saludable. Y si todo salía bien, hasta aprendería a ser mejor padre que el conde.

Diez días después, Max entró en el despacho del coronel Brandon, que lo invitó a tomar asiento y alcanzó una licorera de coñac. Mientras su mentor le servía una copa, Max se acordó de su última noche con Caroline: no podía negar que se había casado con una mujer tan juguetona como apasionada.

–Creo que tenemos buenos motivos para brindar, Ransleigh –declaró el coronel–. Su boda con esa joven y la bendición del conde han acelerado notablemente lo que de otro modo habría sido un proceso lento. Creo haber encontrado un cargo adecuado para usted.

–¿De que se trata?

–Se encargará de las compras y las cuestiones logísticas. Necesitan un hombre con talento para la organización, que tenga buena cabeza con los números y sepa... persuadir a los proveedores recalcitrantes para que entreguen sus bienes a tiempo.

–¿Trabajaría en Londres?

–Casi todo el tiempo, aunque supongo que tendrá que viajar de vez en cuando. Si acepta el puesto, ¿traerá a su esposa a la capital?

Él se encogió de hombros.

–Probablemente, no. Caroline adora sus caballos.

–Sí, eso he oído.

Max se puso tenso.

–No sé lo que habrá oído, señor, pero no haga caso de las habladurías. Mi esposa es una mujer muy inteligente, ingeniosa y absolutamente cautivadora.

El coronel soltó una carcajada.

–Veo que está muy enamorado... me alegro sinceramente, Ransleigh. Me habían dicho que el suyo era un matrimonio de conveniencia.

Max comprendió de repente que su relación con Caroline había cambiado mucho desde la última vez que estuvo sentado en el despacho del coronel. Tanto como para que Brandon lo creyera enamorado de su esposa. Y quizás, con razón.

Pero todavía no estaba seguro.

—¿Cuándo necesita mi respuesta?

—Tómese su tiempo. El Departamento de Defensa no tiene ningún candidato tan hábil como usted, de modo que están dispuestos a esperar.

—Es que me gustaría hablarlo con mi mujer —explicó—. Está embarazada y no quiero dejarla sola demasiado tiempo.

—¿Está embarazada? ¡Qué gran noticia!

El coronel alzó su copa y brindó por el hijo que esperaban. Max se quedó unos minutos con su antiguo superior, charlando sobre los viejos amigos del regimiento, pero acortó su estancia porque ardía en deseos de volver a Denby Lodge. Necesitaba estar con su esposa y asegurarse de que se encontraba bien.

Además, si aceptaba el cargo del Departamento de Defensa, empezaría a trabajar antes del parto de Caroline. Y eso era motivo más que suficiente para volver enseguida, hablar con ella y convencerla para que diera a luz en Londres.

Quizás, hasta lograría persuadirla de la necesidad de que alguien se quedara con ella durante sus ausencias. Lady Denby le pareció la persona más adecuada, pero estaría ocupada con la presentación de Eugenia en sociedad.

Entonces, tuvo una idea.

Antes de regresar a Kent, pasaría a visitar a lady

Elizabeth. Por lo que su esposa le había contado, había muchas posibilidades de que aceptara cuidar de su prima. Y, de paso, le podría preguntar por la supuesta maldición de las Denby.

Capítulo 24

Media hora después, Max llamó a la puerta de la casa de lady Elizabeth Russell, en Laura Place. Tras informarle de que la señora se encontraba en su domicilio, el mayordomo se interesó por el motivo de su visita.

—Se trata de Caroline Denby —explicó.

El mayordomo asintió y lo llevó a una salita, donde le sirvió un jerez antes de salir en busca de lady Elizabeth, que apareció al cabo de unos minutos.

—Buenos días, señor Ransleigh. Me alegro sinceramente de verlo... ¿Dónde está Caroline? ¿No lo ha acompañado a Londres?

—No, me temo que no logré convencerla para que dejara Denby Lodge. Acaba de comprar unas yeguas y un semental italiano y está muy ocupada.

Lady Elizabeth se rio.

—Entonces, no logrará que salga de los establos hasta la primavera que viene. ¿Cómo está? Espero que bien.

–Está perfectamente, pero quiero asegurarme de que siga así. Ese es precisamente el motivo de mi visita.

–¿Es que ha pasado algo malo?

–Bueno...

Elizabeth lo miró con intensidad y dijo:

–¡Oh, Dios mío! ¡No me diga que se ha quedado embarazada!

Hasta ese momento, Max no había creído en la existencia de la supuesta maldición, pero al contemplar la súbita palidez de la prima de su esposa, sintió pánico.

–Sí, está embarazada. Necesito que me cuente todo lo que sepa sobre esa maldición. ¿Cómo la puedo ayudar?

Elizabeth sacudió la cabeza. Sus ojos se habían empañado.

–No la puede ayudar, señor Ransleigh.

–Ella afirma lo mismo, pero estoy seguro de que se podrá hacer algo. ¿Es algún tipo de enfermedad? Y de ser así, ¿se contrae antes del parto?

–Sea lo que sea, se presenta después del parto. Sus víctimas sangran, tienen fiebre y, por fin, fallecen. Le pasó a su madre, a una de sus tías y a varias de sus primas... casi todas las mujeres de su familia por parte materna, durante las dos últimas generaciones. Cuando éramos niñas, nos lo tomábamos a broma, pero luego supimos que era terriblemente cierto.

–¿Los médicos no pueden hacer nada? –preguntó con angustia.

–Al parecer, no. Nuestra prima Anne consultó a todos los médicos de Londres. La examinaron muchas veces y, en todos los casos, le dijeron que se encontraba bien. Pero murió en el parto como las demás.

Él se quedó en silencio.

–¿Cómo se lo ha tomado?

–Bien, bien... –respondió con expresión ausente–. Al principio estuvo preocupada, pero ahora está feliz.

Elizabeth sacudió la cabeza.

–Típico de Caroline. Como no se puede hacer nada, habrá pensado que la preocupación está de más. ¡No me extraña que insista en quedarse en Denby Lodge! Querrá entrenar a sus caballos a toda prisa, por si sucede lo peor y... –Elizabeth no terminó la frase–. ¿Qué puedo hacer, señor Ransleigh?

–Verá... me han ofrecido un cargo en el Departamento de Defensa. Si lo acepto, es posible que tenga que viajar antes de que Caroline dé a luz. Huelga decir que estaré presente en el parto, pero no quiero dejarla sola, y como lady Denby tiene que cuidar de su hija, me pareció que debía acudir a usted.

Elizabeth asintió.

–Mi abuela está a punto de llegar de Irlanda, pero me podría acompañar. Iré a Denby Lodge en cuanto usted me lo diga.

–Gracias, lady Elizabeth. Sospecho que su prima me cortará la cabeza cuando sepa que le he buscado una acompañante sin consultarla, pero me sentiré mejor sabiendo que no estará sola –le confesó.

–Por supuesto... la quiere mucho, ¿verdad?
–Mucho.
Elizabeth sonrió.
–Entonces, vuelva con ella. Y dele un beso de mi parte.

Día y medio después, Caroline estaba ensillando un caballo cuando distinguió una silueta muy familiar.
–¿Max?
Rápidamente, dejó el caballo a cargo de Newman y salió corriendo.
–¡Oh, Max! ¡No te esperaba tan pronto!
–Hola, esposa mía.
Max estaba cubierto de polvo y parecía cansado, como si no hubiera descendido de su montura desde que salió de Londres.
–Te he echado tanto de menos...
Caroline le dio un beso apasionado. Max la abrazó con todas sus fuerzas y respondió del mismo modo a sus atenciones.
–¿Vamos a la casa? –preguntó ella–. Ardo en deseos de saber lo que el coronel Brandon te ha dicho.
–¿Tienes tiempo? No quisiera interrumpirte...
Normalmente, Caroline no habría interrumpido sus rutinas por nada en el mundo. Pero se trataba de Max.
–Sí, claro que sí –contestó.
Ella lo tomó del brazo y lo llevó hacia la casa.
–¿Qué ha pasado con tu cargo? Venga, cuéntamelo todo.

–Me ha ofrecido que me encargue de los suministros del Departamento de Defensa. En principio, me siento inclinado a aceptarlo, pero, ¿estás segura de que no quieres venir a Londres conmigo? Me sentiría mucho mejor si estuvieras cerca. Además, los médicos de la capital son muy buenos.

Caroline sacudió la cabeza.

–Como ya te he dicho, aquí también hay médicos. Y tengo mucho trabajo... ¿Cuándo tienes que volver a Londres?

–De momento, no hay prisa. Puedo quedarme contigo una temporada.

–Excelente...

Max se detuvo y la miró a los ojos.

–He hablado con lady Elizabeth. Mencionó la posibilidad de venir a verte si me veo obligado a viajar a Londres antes de que des a luz.

–¿Elizabeth? Pero...

–No quiero que estés sola, Caroline. Ojalá pudiera hacer algo más por protegerte...

–No puedes hacer nada. Además, ya te dije que no todas las Denby fallecen en el parto. No me entierres tan pronto, esposo mío.

Max la miró con horror.

–¡Y tú no bromees con esas cosas! –protestó–. En fin... puede que me quede hasta mayo o junio. Si me quieres a tu lado, naturalmente.

–Entonces, disfrutaremos de la vida hasta mayo o junio. O hasta que mi cuerpo cambie tanto que ya no me encuentres deseable.

–Siempre te encontraré deseable.

—Eso suena prometedor... Pero si es verdad que te vas a quedar una temporada, ¿puedo pedirte una cosa?

—Lo que tú quieras.

—¿Te importa que te enseñe a cuidar de los caballos y llevar la contabilidad? Quiero que lo sepas todo por si... por si me ocurre algo.

Max le puso las manos en las mejillas.

—Será un placer. Pero no seré tu alumno por ese motivo, sino porque me gusta lo que haces. No te va a pasar nada, ni a ti ni a nuestro hijo.

Caroline se emocionó tanto que le faltó poco para confesarle su amor. Sin embargo, no quiso arriesgarse a destrozar la felicidad del momento. Si Max no le correspondía, se sentiría muy incómodo con su declaración, especialmente, porque ya se sentía culpable por haberla dejado embarazada.

—Oh, mi dulce Max... mi destino no está ni en tus manos ni en las mías. Pero me encanta que estés aquí. Cuando mi padre murió, me sentí tan sola que ni Denby Lodge me interesaba. Tú me has devuelto la alegría.

—Es curioso que digas eso, porque yo soy más feliz en Denby Lodge de lo que jamás lo fui en Swynford Court y en nuestra casa de Londres, en Grosvenor Square. Me has dado un hogar, Caroline, no sabes cuánto te lo agradezco.

Max se inclinó y la besó otra vez, aunque en esta ocasión con más dulzura.

Ella cerró los ojos y saboreó el contacto de sus labios. Quería saborear cada segundo con él. Porque, a fin de cuentas, no sabía cuánto tiempo le quedaba.

Capítulo 25

Seis meses después, aproximadamente, Max estaba en uno de los cercados de Denby Lodge, observando a Caroline mientras su esposa trabajaba con Baltasar, uno de los potros. Había ganado mucho volumen con el embarazo, pero al contemplar sus suaves y eficaces movimientos, pensó que seguía siendo tan grácil como de costumbre.

–El potro se está portando mejor...

–Sí, por fin se ha acostumbrado a mí. O tal vez sea porque se ha dado cuenta de que las hojas que se mecen al viento no suponen ninguna amenaza para él –declaró en tono de broma.

–¿No puedo hacer nada para convencerte de que dejes a otro el trabajo físico?

–Max, te preocupas demasiado... Ya acordamos que solo me encargaría de los potros –respondió.

–Sí, pero hasta un potro es capaz de darte una coz y causarte heridas. Además, los potros son nerviosos e imprevisibles.

–Nerviosos, sí, pero ninguno de mis caballos es imprevisible si estás atento a sus señales. Solo se trata de fijarse en su forma de estirar el cuello o las orejas...

A pesar de que llevaba meses observándola, Max no dejaba de maravillarse por su capacidad casi mágica de comunicarse con los animales, desde los potros sin domar hasta los caballos de cuatro años, ya entrenados y preparados para su venta.

–Pero si mi seguridad te importa tanto –continuó Caroline–, ¿por qué no te encargas tú de Baltasar?

–Eso está hecho.

Max bajó de la valla e hizo lo que su esposa le había enseñado. Se dirigió al centro, permitió que el potro lo viera y se acostumbrara a su presencia y no alcanzó las riendas hasta que el animal retomó su marcha.

Durante la media hora siguiente, Max trabajó con el animal bajo la mirada atenta de Caroline y lo sometió a ejercicios para que obedeciera las órdenes de avanzar, detenerse, girar a la derecha y girar a la izquierda.

Estaba tan ensimismado con el lento pero exacto proceso que se llevó una sorpresa cuando Newman, el capataz, apareció en la valla.

–Ya ha trabajado bastante, señor Ransleigh, déjemelo a mí –declaró el recién llegado–. Y por cierto, lo está haciendo muy bien... si sigue así, llegará a ser casi tan buen entrenador como la señora Caroline.

Max sonrió ante el halago del capataz, que no era precisamente un adulador.

—Muchas gracias, Newman —declaró, orgulloso de sí mismo—. Pero se tarda mucho en aprender.

—Se tarda tanto como sea necesario, señor. Ya conoce el viejo dicho de los jinetes... si crees que vas muy despacio, ve más despacio. Sin embargo, se nota que tiene talento con los animales. Le hacen caso.

—Eso es verdad —intervino Caroline mientras Newman se llevaba al potro.

Max se sintió aún más halagado por el comentario de su esposa. Como hijo de un conde, estaba acostumbrado a recibir halagos desde la infancia, incluso cuando no los merecía, pero sabía que Caroline era sincera.

—Si cuento con tu aprobación, me siento doblemente orgulloso.

—Es una cuestión de paciencia y confianza, Max. Esto no es como las guerras, aquí no hay vencedores y vencidos. O ganan los dos o pierden los dos.

—¿Como en un matrimonio?

—Exacto.

Caroline intentó saltar la valla del cercado para dirigirse a la casa, pero Max la tomó del brazo y se lo impidió.

—Disculpa, pero saldremos por la puerta.

—Mira que eres mandón... —protestó.

—Si fuera realmente mandón, te ordenaría que te quedaras en casa.

—Donde me volvería loca porque no tendría nada

que hacer. Y, por otra parte, me sentiría obligada a desobedecerte y me fugaría por una ventana.

—Pues te dejaría en mi cama, atada.

Ella lo miró con picardía.

—Vaya, eso me empieza a interesar...

Max se inclinó sobre Caroline, le dio un beso y le acarició el estómago. Al principio, había creído que su relación sexual se resentiría a medida que avanzara el embarazo, pero no había sido así. De hecho, la encontraba más apetecible que nunca.

—Sí, serás un gran entrenador de caballos, aunque no me extraña, aprendes deprisa... —continuó ella—. Sin embargo, me sorprende que te hayas quedado el tiempo necesario para aprender.

—¿Y por qué no me iba a quedar?

—No sé. Pensé que la vida en el campo te resultaría aburrida. A fin de cuentas, eres un hombre acostumbrado a la Corte, las sesiones del Parlamento y las grandes batallas.

—Sí, es posible que en otra época me hubiera parecido aburrida —le confesó—. Pero me he acostumbrado al ritmo de la vida en el campo y a un tipo de actividades a las que no prestaba atención cuando estaba en Swynford Court. Entrenar caballos es muy satisfactorio... Denby Lodge ha llegado a gustarme casi tanto como a ti.

Ella sonrió.

—De todas formas, me extraña que el coronel Brandon no te haya instado a volver a Londres para asumir el cargo en el Departamento de Defensa.

—Bueno, he pensado que, si me he quedado tanto

tiempo, puedo esperar un poco más y quedarme hasta que des a luz.

Caroline se quedó sorprendida.

—¿Lo dices en serio?

—Claro que sí.

—No sabes cuánto me alegro, Max. Me sentiré mucho más segura sabiendo que estarás conmigo.

Max se dijo que él también se sentiría más seguro. Después de tantos meses de pensar en la supuesta maldición de las Denby, estaba demasiado preocupado como para dejarla sola. Y no había mentido al decir que le encantaba trabajar con los caballos y con su esposa.

De hecho, se empezaba a preguntar si realmente quería el cargo del coronel Brandon. Especialmente, porque sabía que implicaba hacer viajes largos y dejar de ver a Caroline y a su hijo durante meses.

De repente, Caroline soltó un grito.

—¡Vaya! Esa ha sido intensa...

—¿A qué te refieres?

—A una contracción. Pero no te preocupes, el ama de llaves dice que las contracciones son normales cuando se acerca el parto.

—¿Seguro? Quizás deberíamos llamar a la comadrona.

—Oh, vamos, no seas tan...

Caroline no terminó la frase. Se inclinó hacia delante como si tuviera un dolor intenso y empezó a respirar con rapidez.

—Deja que te lleve a la casa.

—No necesito que me lleves...

–Pues tómame del brazo.

Caroline volvió a sentir una punzada, y le clavó las uñas en la carne.

Para mayor alarma de Max, ni siquiera se molestó en protestar cuando la amenazó otra vez con llamar a la comadrona.

Tres horas después, las contracciones se habían vuelto más intensas y más frecuentes. La comadrona había llegado a la casa y Dulcie y el ama de llaves se dedicaban a entrar y salir de la habitación con velas, agua caliente y paños húmedos con aroma a lavanda para limpiar el sudor a Caroline.

Max alternaba entre sentarse junto a la cama de su mujer y caminar de un lado a otro, nervioso. Se sentía frustrado por no poder hacer nada salvo frotarle la espalda y hacerle caricias para agarrarle las manos cuando sufría una contracción especialmente dolorosa.

La noche avanzó y, con ella, aumentó el sufrimiento de Caroline, que estaba lejos de dar a luz. La comadrona empezó a lanzar miradas de angustia a la señora Drewry, el ama de llaves, y Max se empezó a preocupar de verdad.

Los meses anteriores habían sido tan tranquilos que se había llegado a convencer de que la maldición de las Denby era un cuento. Pero ahora, ante la cara de preocupación de la comadrona y los gemidos profundos que Caroline era incapaz de reprimir, empezaba a perder esa esperanza.

Tras una punzada especialmente fuerte, Caroline gritó. La comadrona se acercó a ella y sacudió la cabeza.

—¿Qué ocurre? —preguntó Max.

—El bebé está al revés. La mayoría tiene la cabeza hacia abajo, pero puedo sentir sus pies... así es mucho más difícil.

Max perdió la paciencia y se giró hacia Dulcie, a la que había ordenado que enviara a buscar al médico del pueblo.

—¿Dónde está el maldito doctor? —bramó Max.

—No lo sé —respondió Dulcie—. Iré a ver si llega...

Dulcie salió de la habitación. Caroline abrió los ojos y preguntó:

—¿El bebé está boca abajo?

—Sí, eso me temo —respondió la comadrona.

Caroline asintió con expresión ausente. Se había quedado pálida, tenía ojeras y su pelo estaba empapado de sudor.

—A veces pasa con los potrillos... vienen así y hay que... hay que darles la vuelta —declaró con debilidad.

—El médico se encargará de eso cuando llegue —dijo la comadrona.

—No espere al médico. Hágalo ahora.

—Pero señora, no estoy segura de...

—Hágalo —la interrumpió—. Ya no soporto esto.

Max sintió pánico. Las cosas debían estar realmente mal para que Caroline, una mujer que jamás se rendía ante nada, admitiera que no podía seguir así.

–¿Sabe lo que debe hacer? –preguntó a la comadrona.

–Sí, pero es difícil. Y puede ser muy doloroso para su mujer.

–Mire... si no le da la vuelta, el bebé la matará –declaró con angustia–. Yo agarraré a Caroline e intentaré calmarla. Usted, haga lo que pueda.

–Señor, yo no...

–Hágalo –volvió a decir Caroline–. Por favor, señora Thorgood... sé que sabrá hacerlo. Confío en usted.

La comadrona respiró hondo.

–De acuerdo. Agárrela fuerte, señor.

Entre palabras de ánimo, Max se inclinó sobre su esposa y le pasó un brazo por encima del tronco, para inmovilizarla.

A una señal suya, la comadrona empezó a trabajar.

Caroline se retorció de dolor. La señora Thorgood hizo caso omiso de su agonía e intentó dar la vuelta al bebé. Max estaba tan preocupado que sintió náuseas, pero se contuvo. Si su esposa podía soportarlo, él también.

Al cabo de unos momentos, la comadrona soltó un grito triunfante.

–¡Mire, señor!

Max no supo lo que pasó, pero la forma del estómago de Caroline cambió como si el bebé se estuviera estirando y cambiara de posición.

Segundos después, la comadrona dijo:
—Aguante un poco, señora. Ya no falta mucho.

El resto del proceso fue más rápido de lo que Max pensaba. La comadrona sacó al bebé, le dio una palmada en el trasero y la criatura rompió a llorar. Luego, lo envolvió en una pieza de franela y se lo dio a su padre.

—Han tenido un hijo, señor Ransleigh. Perfectamente sano.

Max se sentó, absolutamente agotado, y miró al minúsculo bebé que asomaba la carita entre los pliegues de franela.

—Pues no parece que esté mucho más contento que su madre... —declaró con un resto de humor—. Caroline, tenemos un hijo... ¡un hijo varón! No te preocupes, esposa mía. Todo ha terminado.

—Me temo que no —dijo la comadrona.

—¿No?

Antes de que la comadrona le pudiera explicar la situación, Caroline volvió a gritar. Max se giró hacia la cama y se quedó atónito cuando vio que estaba llena de sangre.

—¿Qué está pasando?

La señora Thorgood palideció.

—Oh, Dios mío, es lo mismo que le pasó a su madre...

Max estaba acostumbrado a ver sangre. Había participado en muchas batallas y había visto cosas mucho peores; hombres que habían perdido los brazos o las piernas, heridas terribles y cabezas sin tronco. Pero aquello era diferente. Se trataba de Caroline, su esposa. Y sintió un pánico que jamás había sentido ante los cañones franceses.

–¿No puede parar la hemorragia?

La comadrona sacudió la cabeza.

–Me temo que no, señor.

–Pero algo se podrá hacer...

–Rezar.

Max rezó todo lo que sabía. No estaba dispuesto a admitir la injusticia de que Caroline perdiera la vida, no podía creer que muriera después de sufrir tanto.

Entonces, se dio cuenta de que la mancha de sangre que empapaba la cama había dejado de crecer.

Su esposa seguía pálida, pero la hemorragia se había detenido.

–Señora Thorgood... –susurró–. Ya no sangra.

La comadrona guardó silencio.

–Eso es bueno, ¿verdad? ¿Se pondrá bien?

–Depende de cuánta sangre haya perdido –respondió la mujer, muy seria–. Y de que le baje la fiebre.

Max tuvo que hacer un esfuerzo para reprimir una maldición. Cada vez que pensaba que las cosas mejoraban, surgía una complicación nueva.

Dulcie y la comadrona intentaron convencerlo para que se marchara, comiera un poco y se cambiara de ropa, porque llevaba demasiadas horas sin salir de allí, pero Max no pudo dejar sola a su esposa. Tenía la ilógica y abrumadora seguridad de que, si se marchaba, la perdería para siempre.

A pesar de ello, aceptó tomarse la sopa que el

ama de llaves le llevó un buen rato después. Y en algún momento, cuando la noche ya se acercaba a la mañana, se quedó dormido.

Max despertó justo antes del alba, cuando se dio cuenta de que la mano de Caroline, que no había soltado en ningún momento, estaba más caliente.

Llamó a la comadrona a toda prisa y la señora Thorgood pidió a Dulcie que le llevara agua fría para bajarle la fiebre. Max le estaba mojando la cara y las manos cuando, por fin, apareció el médico.

–Menos mal que ha llegado...

Rápidamente, la comadrona relató al doctor Sawyer lo sucedido. Tras comprobar el estado del bebé y asegurarse de que se encontraba bien, el médico se acercó a la cama de Caroline y la examinó.

–La fiebre no baja. Tendré que hacerle una sangría.

–Pero ya ha perdido mucha sangre –protestó Max.

–Es lo único que se puede hacer. Comprendo que es una solución drástica, pero a grandes males, grandes remedios –declaró–. Apártese un momento, por favor.

–No, no, Caroline está demasiado débil...

–Señor, le aseguro que, si no le hago esa sangría, su esposa morirá.

Max comprendió que no tenía más remedio que darle permiso. Como militar que había sido, estaba acostumbrado a dar órdenes que en ocasiones implicaban la muerte de muchas personas, pero jamás había dado ninguna que le angustiara tanto como aquella.

–Está bien. Proceda.

El tiempo pasó muy despacio. El alba llegó y con ella, el nuevo día.

Le dolía la espalda y estaba más agotado que nunca, pero se volvió a negar cuando le sugirieron que saliera de la habitación y descansara un poco.

No iba a dejar sola a su mujer.

Quería estar presente cuando abriera los ojos. O cuando diera su último aliento.

Se acordó de la impotencia que había sentido en Viena, al comprender que su futuro como diplomático estaba en peligro, pensó en su desesperación cuando su padre lo repudió y lord Wellington le dio la espalda. Habían sido momentos verdaderamente terribles para él, pero no se podían comparar al horror de estar allí, sentado junto a su esposa, contemplado su palidez y temiendo por su vida.

Incapaz de soportar la idea de no volver a mantener una conversación con ella, se inclinó sobre Caroline y empezó a hablar.

–Newman le ha dicho a Dulcie que Sultán está muy nervioso. Es como si supiera que te encuentras mal y estuviera preocupado por ti... necesita a su jinete, esposa mía. Todos tus caballos te necesitan. Además, ¿qué voy a hacer si nos dejas? Yo no puedo encargarme de ellos, me falta mucho por aprender... Y también tienes que enseñar a tu hijo. ¿Sabes que has tenido un hijo?

Caroline no dijo nada. Seguía con los ojos cerrados, inmóvil.

Max insistió.

–Nuestro pequeño necesita que lo subas a su primer pony y que le enseñes a montar y a entrenar caballos tan bien como tú. Oh, Caroline, no puedes dejarme ahora... tenemos tanto que hacer, tanto por vivir...

Max siguió hablando sin parar, como si pudiera mantenerla con vida con el simple sonido de su voz. La figura de la cama, que ahora temblaba de fiebre, había sido el centro de su existencia durante muchos meses. Día a día, Caroline se las había arreglado para aumentar la fascinación que Max sintió cuando la vio por primera vez con aquel vestido espantoso y aquellas gafas ridículas.

Había dejado una huella tan profunda en su alma como el placer que daba a su cuerpo. No podía imaginar el futuro sin ella. Incluso se prometió que, si sobrevivía, escribiría al coronel Brandon para decirle que renunciaba al puesto en el Departamento de Defensa.

En realidad, ya no quería un cargo que solo serviría para demostrar a su padre y a otras personas que era poderoso y digno de respeto.

Ahora pertenecía a Denby Lodge.

Pertenecía a Caroline, la única persona cuya opinión le importaba.

Angustiado y sorprendido, se preguntó cómo era posible que no se hubiera dado cuenta hasta ese momento. Se había enamorado de su mujer.

Y estaba a punto de perderla.

Por fin, poco después del mediodía, el cansancio pudo con él. Se tumbó junto a su esposa, cerró los ojos y se quedó dormido.

Ya era de noche cuando despertó. Se incorporó de inmediato, se frotó los ojos y volvió a tomar la mano de su esposa.

Estaba fría y algo húmeda.

Miró a Caroline y vio que seguía pálida y que sus mejillas tenían un tono céreo. Alarmado, le apretó la mano con fuerza. Y se llevó la mayor alegría de su vida cuando Caroline se movió un poco y alzó los párpados.

—Hola, Max... —dijo con voz débil—. ¿Has estado aquí todo el tiempo?

—Cada minuto.

—Me sentía tan mal y estaba tan cansada... era como si estuviera en mitad de una niebla y no supiera qué hacer, qué dirección tomar. Tu voz fue como una brújula para mí, tu voz me ha salvado la vida, esposo mío.

Él la abrazó con tanta delicadeza como si tuviera miedo de romperla.

—Tenía tanto miedo de perderte...

Caroline sonrió con debilidad.

—No veo por qué.

—¿Cómo? —preguntó, desconcertado.

—Si hubiera muerto, seguirías teniendo todo mi dinero y te podrías casar con la mujer que quisieras. Ahora, estás condenado a seguir conmigo —bromeó.

Él le puso un dedo en los labios.

—No quiero otra mujer. No quiero otra esposa. Solo te quiero a ti, Caroline... solo quiero a la mujer atrevida y apasionada que ha conquistado mi corazón.

Ella le apretó la mano.

—Oh, cuánto me alegro de saberlo... En algún momento, durante estas últimas semanas, decidí que no quería pasar el resto de mi vida lejos de ti –le confesó–. Newman se puede encargar de casi todo el trabajo. Si tú me quieres, podría irme contigo a Londres y...

Max respiró hondo, asombrado por la enormidad de lo que le estaba ofreciendo.

—¿Serías capaz de dejar los establos?

—Ya he conseguido que el sueño de mi padre sea una realidad, Max. Y ahora tengo un sueño más importante.

—¿Qué sueño es ese?

—El de ser tu esposa.

Max le besó las dos manos, emocionado.

—Te amo, Caroline Ransleigh, pero no quiero que te sacrifiques de ese modo. Me encantaría quedarme aquí, trabajando contigo y viendo crecer a nuestro hijo.

—¿Y el cargo del coronel Brandon?

—Supongo que ya había tomado una decisión al respecto, aunque no he sido consciente hasta esta noche. No quiero ese puesto. Tú y nuestro hijo sois mi vida ahora... ¿Crees que me podrás enseñar a ser un buen padre, como me has enseñado todo lo demás?

¿Serías capaz de amarme y de compartir Denby Lodge conmigo?

–Oh, Max, ¿es que lo dudas? –preguntó–. Te he amado desde el principio, aunque me negaba a asumirlo. Y no necesitas aprender nada sobre la paternidad. Por la forma en que tratas a los caballos, sé que serás el mejor padre del mundo. Pero tendremos que cambiar los términos de nuestro acuerdo –continuó ella.

–¿A qué te refieres?

–A que retiro mi permiso de que salgas con las mujeres que quieras. Soy tan egoísta que te quiero solo para mí. Y será mejor que me seas leal porque, de lo contrario, te pegaré un tiro.

Max sonrió.

–Entonces, ¿qué te parece si empezamos de nuevo?

–¿Empezar de nuevo?

Max clavó una rodilla en el suelo y dijo:

–Caroline Denby, ¿te quieres casar conmigo? ¿Quieres que estemos juntos para siempre, hasta que la muerte nos separe?

Ella lo miró con una felicidad inmensa.

–Por fin me has ofrecido un buen trato. Uno que acepto de todo corazón.

ÚLTIMOS TÍTULOS PUBLICADOS EN HQN

La última profecía de Maggie Shayne

Convénceme de Victoria Dahl

Crimen perfecto de Brenda Novak

Tiempos de claroscuro de Deanna Raybourn

Solo para él de Susan Mallery

Chicas con suerte de Kayla Perrin

Tirando del anzuelo de Kristan Higgins

La seducción más oscura de Gena Showalter

Un momento en la vida de Sherryl Woods

Prohibida de Nicola Cornick

Sin culpa de Brenda Novak

En sus manos de Megan Hart

Eso que llaman amor de Susan Andersen

Preludio de un escándalo de Delilah Marvelle

Días de verano de Susan Mallery

La promesa de un beso de Sarah McCarty

www.ingramcontent.com/pod-product-compliance
Lightning Source LLC
LaVergne TN
LVHW030342070526
838199LV00067B/6403